Bruny Fritz

Was

macht die Sehnsucht

wenn sie bleibt?

Zwölf Geschichten über ein großes Gefühl

Für Reinhard

Bibliografische Information der Deutschen Nationalbibliothek

Die Deutsche Nationalbibliothek verzeichnet diese Publikation

in der Deutschen Nationalbibliografie, detaillierte bibliografische

Daten sind im Internet über http.//dnb.dnb.de abrufbar

© 2017 Bruny Fritz

Herstellung und Verlag

BoD – Books on Demand, Norderstedt

Titelbild SHOTSHOP.COM

ISBN: 9783743181410

Inhalt

1. Echte Kerle 7
2. Lenis Wochenende 21
3. Die Magie von Kolumba 34
4. Tomatenliebe 49
5. Die schwarzen Männer 62
6. Wie schön sie ist 68
7. Das alles so bleibt 73
8. Durchgeknallt 83
9. Die Jagd ist auf 92
10. Frau Winterbohms Besuch im Himmel 100
11. Der eine Moment 108
12. Trolldomland 120

Sehn sucht sinn – verloren im substrat – von einerlei – all guten tag – war nicht alpen – traum – war real

                                              Bruny Fritz

Echte Kerle

Alma war gerade 16 Jahre alt, als sie ihn im Frühjahr 1967 entdeckte. Sie blieb wie angewurzelt stehen, als sie seine Stimme im Radio hörte. Heiser. Am Ende des Satzes ging die Stimme nicht nach unten, sondern sie hob noch einmal an. So hatte auch die Stimme ihres Vaters geklungen. Es war ihr, als hörte sie die Stimme ihres Vaters, der zwei Jahre zuvor bei einem Autounfall ums Leben gekommen war. Damals begann sie alles, was sie an Zeitungsartikeln über Rudi Dutschke fand, auszuschneiden und in ein Album zu kleben.

In ihrer Studentenzeit bewegte sie sich in linken Gruppierungen; nicht zuletzt, weil sie davon überzeugt war, dort die echten Kerle zu finden. Als Dutschke Heiligabend 1979 seine letzten Atemzüge in der Badewanne tat, war ihre Trauer so groß, dass sie sich weigerte, Weihnachten überhaupt zur Kenntnis zu nehmen. Sie hatte nach ihrem Vater einen zweiten Helden verloren.

Am frühen Morgen des 11. Septembers 2001 stieg Alma in ihr Cabrio, um die knapp dreihundert Kilometer nach Bad Brodstedt zu ihrer Freundin Sybil zu fahren. Es gäbe etwas zu besprechen, das keinen Aufschub dulde, hatte Sybil am Telefon gesagt.

Alma kannte Sybil seit dem Studium. Sie gründeten damals eine WG, in die nach wenigen Monaten Peter, Sybils späterer Ehemann einzog. Alma erinnerte sich, wie wichtig ihr es gewesen war, die Freundschaft zu Sybil und Peter wieder aufzufrischen. Sie hatte viele Jahre im Ausland gearbeitet. Über diesen Zeitraum hielt sie einen losen Briefkontakt zu Sybil. Ehrlicherweise musste sie eingestehen, dass es ihr letztlich nur um Peter gegangen war; Peter, den sie nicht vergessen konnte.

Alma hatte nie verstanden, warum Peter sich nicht für sie entschieden hatte. Als er nach so vielen Jahren vor ihr stand, wusste sie sofort: Er war ihr Kerl. Zumindest war er seit diesem Tag wieder ständiger Gast ihrer Gedanken, Träume und Visionen. Diese Härte, die er ausstrahlte, ja auch diese gewisse Kälte war das, was sie bei Männern suchte. Fast schon trivial fand sie dagegen seine äußere Attraktivität: groß, muskulös, ganz kurz rasierte blonde Haare, Dreitagebart – ein Nachfahre der Wikinger. Wenn sie zu Besuch kam, fieberte sie Peters Begrüßungsritual entgegen. „Hallo, du Schöne", hauchte er ihr ins Ohr, gefolgt von einem Küsschen links, einem Küsschen rechts. Ganz schnell schnupperte er dann an ihrem Hals, seine grau-blauen Augen fixierten sie mit kühlem Blick. Dabei tat er so, als bemerke er nicht, wie sie dahinschmolz.

Alma hatte das Autobahnkreuz mit der größten Staugefahr hinter sich gelassen. In der Septembersonne stieg das Thermometer trotz des frühen Morgens auf zwanzig Grad. Sie hielt auf einem Parkplatz an, um das Verdeck des Wagens hinunterzurollen und ihr seidenes Kopftuch umzubinden. Sie kreuzte es vorn am Hals und schloss es dann im Nacken. Aus den Augenwinkeln heraus sah sie, wie Rast machende Lkw-Fahrer sie beobachteten. Für die ließ sie den Motor beim Starten ihres Sportwagens aufheulen, um dann wieder auf die Autobahn einzuscheren. Die Strecke war Alma vertraut; das Auto schnurrte die Kilometer nur so herunter und kurz vor Bad Brodstedt hielt sie an einem Blumenladen an. Sie wählte Sybils Lieblingsblume aus; eine schneeweiße Calla. Während die Floristin diese mit etwas Grün zusammenband, musterte sie Alma mit strengem Blick.

„Wie kann man sich bloß eine Totenblume ins Zimmer stellen."
Alma reagierte keineswegs schnippisch, wie es vielleicht sonst ihre Art gewesen wäre.
„Ach, dann ist die Lieblingsblume meiner Freundin eine Totenblume? Wissen Sie eine Geschichte dazu?"
„Was soll ich Ihnen eine Geschichte erzählen? Gehen Sie doch mal auf den Friedhof und schauen Sie, was dort in den Kränzen steckt."
„Danke für den Tipp", meinte Alma schnell und verließ den Laden. Ihr war kalt und sie fühlte sich unbehaglich. Sie lehnte sich für einen Moment an das von der Sonne aufgewärmte Auto und schloss die Augen. Sie sah Sybil in einem Meer von Callablüten liegen. Tote Augen starrten sie an.
Alma schüttelte sich kurz, bevor sie in ihr Auto stieg. „Alma, Mädchen, du bist überspannt", sprach sie zu sich selbst.

War das ihr schlechtes Gewissen, dass sie nun schon Bilder ihrer toten Freundin im Kopf hatte? Alma hatte sich bis jetzt nicht schlecht dabei gefühlt, in Gedanken ihrer Freundin den Mann wegzunehmen. Sie konnte sich ebenso vorstellen, ihn mit Sybil zu teilen. Eine Menage-à-trois halt. Alma lächelte in sich hinein. Die Gedanken sind frei und vielleicht würde es den beiden helfen, ihre angespannte Beziehung zu lockern, überlegte sie und glaubte in diesem Augenblick selber daran, dass Altruismus die einzige Triebfeder ihrer Idee wäre.

Sybil sprach selten über ihre Ehe. Deswegen hatte Alma aufgehorcht, als sie vor einigen Monaten damit begann, äußerst bizarre Bemerkungen über ihre Partnerschaft in die Gespräche einzustreuen. Einmal tat sie nach einigen Gläsern Rotwein so, als sei sie Opfer einer Verschwörung. Es wäre ja wohl kein Zufall – sie rückte ganz nah an Alma heran –, dass sie ausgerechnet in der Albert-Einstein-Straße wohne. Einstein hätte seine Frau nämlich ebenso niederträchtig behandelt, wie sie sich von Peter behandelt fühlte. Zu diesem Zeitpunkt hatte Alma erstmalig das Gefühl, dass mit ihrer Freundin etwas nicht in Ordnung sei. Ein paar Wochen später – Alma wollte gerade nach Hause fahren – begann Sybil zu weinen.

„Du musst heute bei mir bleiben. Ansonsten droht mir das Gleiche wie Martha", schluchzte sie.

„Um Himmels willen, wer ist denn Martha und was ist mit ihr geschehen?", fragte Alma daraufhin besorgt.

Sybil erzählte ihr von einem Fassbinder-Film, in dem die Protagonistin namens Martha von ihrem Ehemann aufs Perfideste gequält wurde. Alma versprach ihr, diesen Film unbedingt anzuschauen; doch es blieb ein Versprechen, das sie bislang nicht eingelöst hatte.
Immer wieder begann Sybil Gespräche über Partnerwahl.
„Sag mal, Alma, welchen Einfluss hatte dein Vater auf die Auswahl deiner Männer?"
„Ich versuchte immer solch einen Mann zu finden, wie mein Vater einer war", hatte Alma ehrlich geantwortet. Weiteres hatte sie nicht preisgegeben. Ihre Freundin sollte nichts von den sehnsüchtigen Gedanken erfahren, die ihrem toten Vater galten. Er war sehr streng mit ihr gewesen, doch jede körperliche Züchtigung wurde ihr anschließend mit Schmuseeinheiten versüßt. Sie hatte ihren Vater ebenso gefürchtet wie sie ihn abgöttisch geliebt hatte.
Alma war im Zentrum von Bad Brodstedt angekommen, als sie im Rückspiegel plötzlich nur noch Blaulicht sah. Martinshörner gellten durch die Allee. Fast schmerzhaft fühlte sie sich aus ihren Gedanken gerissen. Zwei Polizeiautos sowie ein Notarztwagen drängten sie rechts an den Bordstein. Alma ließ ihr Auto in eine Parklücke rollen, stieg aus und entschied sich, an diesem sonnenverwöhnten Septemberdienstag, den Weg durch den Park zu Sybils Haus zu nehmen.
Alma wusste, dass sie mit ihrer androgynen Erscheinung viele Blicke auf sich zog. Obwohl sie bald fünfzig wurde, besaß sie die Körperspannung einer Dreißigjährigen. Ihr herzförmiges Gesicht, das

fast kindlich wirkte, bildete einen starken Kontrast zu den raspelkurzen grauen Haaren. Während sie durch den Park schlenderte, genoss sie die bewundernden Blicke der Menschen, die ihr entgegen kamen. Dort, wo der Parkweg in die Albert-Einstein-Straße mündete, stockten ihre Schritte. Sie fröstelte. Die Härchen auf ihren Armen richteten sich auf und gleichzeitig war da diese unbestimmte Ahnung, dass sie am Morgen nicht auf den Wecker hätte hören sollen, sondern sich stattdessen besser unter dem Plumeau verzogen hätte. Nach kurzem Zögern betrat sie dann die Albert- Einstein-Straße, die längste Straße im Franzosenviertel, wie dieses Wohngebiet im Volksmund immer noch hieß. Nach dem ersten Weltkrieg war es für die französischen Offiziere erbaut worden; in den Sechzigerjahren wurden die Häuser verkauft. Vom Denkmalamt gab es strenge Auflagen, was das äußere Erscheinungsbild anging. Die Häuser mit ihrem pastelligen Putz, mit ihren weißen Klappläden, erinnerten Alma an hübsch verpackte Bonbons. Die Eingangswege zierten niedrige Buchsbaumhecken, die einen Blick in die Gärten freigaben. Eine Reminiszenz an die Zeit nach dem ersten Weltkrieg schienen auch die mit weißem Kies bedeckten Wege zu sein. Alma beobachtete beim Vorbeigehen ein Mädchen, das selbstvergessen auf den Kieseln saß und einzelne Steine in ein Eimerchen zählte. Ein paar Häuser weiter harkte ein alter Mann die Wege zwischen den Rosenbeeten. Kein Unkraut störte hier den Blick. Hier ist die Welt noch in Ordnung, dachte Alma, doch als sie die Kurve an der Albert-Einstein-Straße passiert hatte, wusste sie, dass nichts mehr in Ordnung war.

Rot-weiße Flatterbänder versperrten den Zugang zu Sybils Villa. Davor standen Polizeiautos mit flirrendem Blaulicht und eine gaffende Menschenmenge, die versuchte, hinter die Absperrungen zu kommen. Alma sah das Blitzlichtgewitter der Reporter. Sie hatte Angst vor dem, was sie dort gleich erwarten würde. Sie schob sich ein Stück Traubenzucker in den Mund, und ließ ihn auf der Zunge zergehen. Sie stellte sich vor, wie sich das süße Pulver auf den Weg durch ihre Adern machte. Es half ihr aber nicht dabei, Haltung zu bewahren. Sie schaffte es nicht, ihre Schultern zu straffen; sie hielt lediglich die Calla wie ein Schutzschild vor ihrer Brust und steuerte auf einen Polizisten zu, der jedem ihrer Schritte so entgegensah, als ob er sie erwartet hätte.

„Sind Sie Alma?", begrüßte er sie und sprach anschließend leise in ein Walkie-Talkie.

„Es kommt jetzt jemand zu Ihnen, der mit Ihnen sprechen wird und Ihnen ein paar Fragen stellen muss."

Der Polizist sah sie mitfühlend an und schob sie hinter einen an der Straße stehenden Transit, um sie vor dem Blitzlichtgewitter der lauernden Reporter zu schützen. In diesem Augenblick glitt ein langes, elegant aussehendes, schwarzes Auto die Straße entlang, ganz so als suche es noch sein Ziel. Alma schaute ihm zuerst interessiert entgegen; sie begriff nur langsam. Dann aber erschrak sie selbst vor der Urgewalt ihres Schreies.

Zwei starke Arme packten sie und hoben sie in einen Mannschaftswagen der Polizei. Almas Schrei hatte sich in ein Wimmern verwandelt, der Fremde wartete eine Weile, bis er sie ansprach.

„Mein Name ist Kommissar Reiniger", Ihnen ist offensichtlich klar, dass etwas Schreckliches geschehen ist."

Alma hörte, dass Reiniger zu ihr sprach, doch sie verstand nichts. Sie öffnete den Mund, um etwas zu sagen; es kam nur ein undefinierbarer Laut heraus. Dann begann sie Reiniger zuzuhören, ihr Gehirn verband in winzigen Schritten die einzelnen Worte und langsam, ganz langsam verstand sie die Bedeutung. Sie erfuhr, dass Sybil tot war. Sie schnappte nach Luft, begann zu husten, dann zu würgen, bis ihr die Tränen die Wangen hinunterliefen.

Reiniger redete und redete. Er reihte weiter Wort an Wort aneinander, als Alma längst ihre Ohren verschlossen hatte. Wieso war Sybil tot? Sie hatten doch gestern noch miteinander gesprochen. Wer kümmerte sich nun um Peter? Das war doch ihre Chance! Peter bräuchte sie jetzt! In ihr jubilierte ein Lied mit nur einer Textzeile:

Dieser Kerl gehört jetzt mir, dieser Kerl gehört jetzt mir, dieser Kerl gehört jetzt mir …

Erst als Reiniger davon sprach, dass ein Kollege sie in die Kreisstadt bringen würde, schenkte Alma ihm wieder ihre Aufmerksamkeit.

„Wieso, was soll ich da, was wollen Sie von mir?"

„Aus den Aufzeichnungen der Toten geht hervor, dass Sie von ihr erwartet wurden. Wir müssen Ihre Aussage protokollieren."

„Und der Peter, wo ist der Peter?"

„Keine Sorge, um den kümmern sich Ärzte."

Danach weigerte sich Reiniger, ihr noch irgendeine Frage zu beantworten.

Nach der Befragung hatte sich Alma wieder nach Bad Brodstedt bringen lassen. Sie stand auf dem Balkon ihres Hotelzimmers. Sie hatte es angemietet, um am nächsten Tag der Polizei für weitere Ermittlungen zur Verfügung zu stehen. Obwohl es ein lauschiger Abend zu werden versprach, waren die Wege im Kurpark merkwürdigerweise menschenleer. Die Laternen flackerten in der Dämmerung und beleuchteten die wenigen Autos vor dem Kasino. An einem anderen Abend hätte sie vielleicht auch ein paar Jetons gesetzt, doch heute reichte es an Nervenkitzel. Der Whiskey in ihrer Hand sollte Entspannung verschaffen. Sie musste jetzt ganz ruhig und kühl über all das nachdenken, was sie von der Kripo erfahren hatte, es aber vor allen Dingen richtig einordnen.

Die Haushälterin von Sybil und Peter hatte morgens in dem völlig zertrümmerten Wohnzimmer Peter auf dem Teppich vor dem Kamin vorgefunden. Er hatte auf sie einen verwirrten Eindruck gemacht. Zahlreiche leere Weinflaschen lagen auf dem Boden herum. Dann fand sie Sybil tot auf ihrem Bett liegend. In Panik hatte sie vom Fenster aus um Hilfe gerufen. Nachbarn verständigten den Krankenwagen und die Polizei. In der Zwischenzeit hatte Peter sich mit einem Küchenmesser Verletzungen zugefügt. Die Polizei veranlasste seine Einweisung ins

Krankenhaus. Der Polizeiarzt vermutete bei Sybil Tod durch Erwürgen. Eine Obduktion sollte allerdings noch Klarheit bringen. Auf einem Beistelltisch fand man einen aufgerissenen DIN-A4-Umschlag, auf dem mit Filzstift „Alma" geschrieben stand. In dem Umschlag lagen herausgerissene Buchseiten, auf denen bestimmte Zeilen mit Textmarker angestrichen waren, sowie ein an sie gerichtetes Anschreiben. Alma stellte ihr leeres Whiskeyglas auf den Boden, um in ihrer Tasche nach Sybils Brief und den Aufzeichnungen zu suchen. Sie zog den Brief aus dem Umschlag und las: *„Liebe Alma, ich sehe keinen anderen Ausweg, als mein Zuhause zu verlassen. Wenn ich mich sicher fühle, bekommst du ein Lebenszeichen von mir. Mir ist nicht verborgen geblieben, dass du dich von Peter angezogen fühlst. Ich warne dich, lass dich nicht von ihm einwickeln! Er ist hochgradig gestört! Bleibe mir in Freundschaft verbunden! Deine Sybil"*

Wie im richtigen Leben setzt sie auch hier zu viele Ausrufezeichen, dachte Alma und schaute sich erneut die herausgerissenen Buchseiten mit den Markierungen an.

„Der narzisstisch Perverse liebt die Kontroverse."

„Wenn du den anderen destabilisieren willst, sende paradoxe Botschaften."

„Der narzisstisch Perverse braucht deine positive Energie. Du gibst ihm damit die Möglichkeit, sich zu erneuern. Sozusagen als Dank bekommst du seine gesamte negative Energie."

„Der Perverse möchte erreichen, dass seine eigene Boshaftigkeit in den Normalzustand verwandelt wird. Er versucht, dem anderen das einzuimpfen, was in ihm selbst an Bosheit ist."

Schon als sie diese markierten Sätze im Polizeipräsidium zum ersten Mal gelesen hatte, war es aus ihr herausgeplatzt:

„Was soll das? Klagt sie hiermit Peter an, ihren Ehemann? Sie kennt ihn seit dreißig Jahren!"

Dann war ihr etwas eingefallen. „Sie hatte ja schon länger diese paranoiden Anwandlungen …"

Dem verhörenden Kommissar, der fragend seine Augenbraue hob, erzählte sie dann von der merkwürdigen Angst, die die Tote in den vergangenen Monaten entwickelt hatte.

„Nun", hatte der Kommissar gekontert, „ich könnte die markierten Sätze auch so interpretieren, dass der Ehemann persönlichkeitsgestört ist und seine Ehefrau seelisch traktiert hat."

„Niemals, wieso ist sie dann bei ihm geblieben?" entfuhr es Alma.

Der Kommissar hatte gar nichts mehr gesagt. Während er auf einem Stift kaute, rollte er mit seinem Bürostuhl vor und zurück und fixierte Alma eindringlich. Zu Beginn ihrer Zeugenaussage hatte Alma noch geglaubt, er sei der gute Cop. Doch als er sie so wortlos anstarrte, glaubte sie, Messer in seinen Augen aufblitzen zu sehen. Er hatte überhaupt keine Eile zu sprechen.

„So, so, niemals", wiederholte er nachdenklich.

Schwerfällig war er von seinem Stuhl aufgestanden und ganz nah an Alma herangetreten. Sie hatte seinen leicht säuerlichen Atem riechen können. Nachdem er sie abermals für einige Sekunden wortlos fixiert hatte, war er zum Fenster gegangen, hatte es geöffnet und dabei fast beiläufig gemurmelt:

„Heute ist Ihre langjährige Freundin getötet worden. Ich kann mich des Eindruckes nicht erwehren, dass Sie darüber kein bisschen traurig sind. Oder irre ich mich da?"

„Was würde meine Trauer für Sie ändern?", war ihre Replik gewesen. Alma wusste ab diesem Zeitpunkt, dass sie den Kommissar nicht leiden konnte. Der sollte sich die Zähne an ihr ausbeißen. Doch der Kommissar tat so, als ob er ihre Gegenfrage nicht gehört hatte.

„Ach übrigens", dabei hatte er sich an die Stirn gefasst, „beinahe hätte ich vergessen Ihnen mitzuteilen" – der Kommissar legte eine Kunstpause ein – „tja, der Ehemann Ihrer verstorbenen Freundin wünscht keinen Besuch von Ihnen!"

Touché, Herr Kommissar! Almas Herz schlug auch jetzt im Hotel wieder heftiger. All ihre Selbstbeherrschung hatte sie benötigt, um dem Kommissar nicht zu zeigen, wie sehr sie diese Mitteilung verletzt hatte. Sie hatte schreien wollen, hätte ihm am liebsten seine Akten vom Schreibtisch gefegt und ihm vorgeworfen, dass er lüge. Stattdessen war sie aufgestanden, hatte die Fäuste geballt und für ein paar Sekunden die Luft angehalten. Dann hatte sie nur gemurmelt: „Der wird sich schon wieder einkriegen."

Dieses verdammte Arschloch! Alma nahm sich den nächsten Drink aus der Minibar. Warum hatte er denn mit ihr so schön getan? War ihm denn nicht klar, wie sehr er ihre Unterstützung bräuchte? Schließlich wurde er verdächtigt, seine Frau umgebracht zu haben. Sie hatte sich vorgenommen, für ihn den besten Strafverteidiger zu engagieren. Ihm müsste doch klar sein, dass sie zu ihm stehen würde. Sie beugte sich über eine Reisetasche, die sie am Morgen gepackt hatte, für den Fall, dass Sybil sie gebeten hätte, über Nacht zu bleiben. Jetzt fischte sie ihr Schlafkissen heraus; ein Geschenk, das sie sich selber gemacht hatte. Beide Seiten schmückten das Konterfei ihres Vaters. Sie legte sich aufs Bett und vergrub ihren Kopf in dem Kissen und versuchte sich durch einen tiefen Seufzer von dem Kloß zu befreien, den sie in sich spürte. Tränen liefen ihr die Wangen hinunter. Ich bin so alleine, schluchzte sie, oh verdammt, Papa, ich bin allein! Sie umfasste das Kissen ganz zärtlich mit ihren Armen und begann sich mit ihrem Körper in einen Rhythmus ein zu schaukeln; dabei summte sie ein Kinderlied. So brachte sie sich in einen Zustand, der sie wieder ein kleines Mädchen werden ließ. Papas Mädchen. Papa, der sie gerüttelt und geschlagen hatte. Papa, der mit ihr weinte, ihr Wörter ins Ohr flüsterte, die sie nicht verstand. Papa, der sie küsste und liebkoste. Papa, der ihr versicherte, er liebe sie tausend Mal mehr als ihre Mama. Sie schaukelte hin und her, hin und her; fühlte sich von unsichtbaren starken Armen gehalten und verlor dabei jegliches Zeitgefühl. Sie dämmerte dahin, in diesem Zustand zwischen Himmel und Erde, in ihre Traumwelt der Kindfrauen, die nach Strenge und nach

Schutz verlangten. Irgendwann kam sie wieder in der Wirklichkeit an. Ihre einzige Freundin war tot und der Mann, dem all ihr Begehren galt, mochte sie nicht sehen. Sie würde diesen Mann aber nicht aufgeben. So schnell würde sie ihre Träume nicht begraben. Er würde begreifen, dass er ohne sie ein Nichts wäre. Sie musste über die Warnung ihrer Freundin lächeln. Sybil hatte sich wahrhaftig von Peter einschüchtern lassen. Vielleicht hatte sie ihn gestern Abend gereizt und der Alkohol hatte ihn durchdrehen lassen. Peter brauchte einen starken Gegenpart. So eine wie sie halt. Alma stand auf, um aus der Minibar einen weiteren Drink zu holen. Sie ließ Wasser in die Badewanne einlaufen, dimmte das Licht herunter und bedauerte, dass es im Bad kein Radio gab. Die richtige Musik würde ihr helfen, in einen Flow zu kommen, der sie wenigstens für ein paar Minuten von der Schwere dieses Tages befreien könnte. Sie betätigte die Fernbedienung des TV, um einen Musiksender zu suchen. Sie hörte die elfengleiche Stimme Enyas: *„Who can say why your heart sighs as your love flies – only time."* Irritierend war nur, dass sie zu dieser zarten Musik ein Flugzeug sah, das in einen Wolkenkratzer krachte. Wie seltsam, dachte sie; irgendwie eine Parabel für diesen Tag.
„And who can say why your heart cries when your love lies – only time."
Alma drehte dem Fernseher den Rücken zu und ging leise mitsummend ins Bad.

Die Fantasie kennt keine Grenzen

Wir spielen Teekesselchen

Brause – Brause

Budenzauber

Alles Walzer   Bruny Fritz

Lenis Wochenende

Als die Butterbrotdose in Martins Rucksack verschwand, stieg langsam Unbehagen in Leni hoch. Allein sein! Ein ganzes Wochenende! Es war ja nicht so, als hätte sie dieser Termin überrascht; Martins Wandertruppe ging immer am ersten Oktoberwochenende auf große Fahrt. Und immer schaffte sie es aufs Neue, diesen Tag zu verdrängen, ja regelrecht zu vergessen, bis er auf einmal da war.

„Ja, liebe Leni, heute und morgen musst du einmal mit dir alleine auskommen. Heute wird die Zeit sich ziehen wie der Honig, der morgens so schwer vom Löffel fällt."

Da waren sie wieder: ihre Kopfbewohner.

Und wenn ihr Herzklopfen zunahm, würde sie ihre Kopfbewohner hässlich lachen hören und ihre Prognose vernehmen: „Achtundvierzig Stunden alleine sein – Leni, das schaffst du nicht!".

„Ich bin fertig mein Schatz!"

Ihr Mann stand im Küchentürrahmen und strahlte sie an. Sie versuchte auch ein Lächeln. Sie sah ihm zu, wie er den Rucksack auf seine Schulter zwang. Sein dröhnendes Lachen schepperte in ihren Ohren. Sie folgte ihm in den Flur. Er riss mit Schwung die Korridortür auf, zwinkerte ihr zu und drohte dann schelmisch mit dem Finger.
„Dass du mir ja keinen Blödsinn machst!"
Nachdem er ihr noch eine Kusshand zugeworfen hatte, zog er die Tür zu und sie hörte ihn pfeifend die Treppe hinunterspringen.
Was Martin sich wohl vorstellte, welchen Blödsinn sie machen könnte? Tatsächlich denkt sie sich manchmal Blödsinn aus. Neulich hatte sie über einen Schlagersänger gelesen, der sich nackt ans Fenster gestellt hatte. Da hatte sie sich vorgestellt, wie es wohl wäre, wenn sie das einmal machen würde. Wenn Frau Plötz vorbeikäme, würde sie ihr einen schönen guten Tag wünschen, wie sie das immer machte. Wenn Her Bauer nach oben gaffte, würde sie rufen: „Gell da staunen Sie, Herr Bauer, es gibt auch Frauen mit hängenden Brüsten und eckigen Hüften."
Herr Bauer hatte nämlich einmal gegenüber Martin seine Vorliebe für Frauen mit strammen Brüsten und runden Hüften geäußert. Doch heute fiel ihr kein Blödsinn ein. Sie ging zurück in die Küche und begann mit dem Abwasch. Es gab ja noch mehr Dinge, worüber sie immer wieder nachdenken musste. Warum tat sie sich so schwer, Freundschaften zu schließen? Sie wünschte sich eine Herzensfreundin; jemanden, mit dem sie ihre Zeit verbringen könnte. Sie hatte Arbeitskolleginnen,

Martin und sie hatten auch lockere Bekanntschaften, mit denen sie sich manchmal zu Spieleabenden trafen, aber eine Freundin hatte sie nicht. War sie vielleicht für die anderen ein offenes Buch, in dem sie lesen konnten von ihrer Angst und ihren krummen Gedanken? Lenis Blick fiel auf die Küchenuhr. Eine halbe Stunde war erst vergangen, seitdem Martin sich davongemacht hatte. Sie hatte sich Arbeit vorgenommen, damit die Zeit schneller verstreichen sollte. Auf ihrem Zettel war zu lesen: Kleidung aussortieren und Schränke aufräumen. Das sollte ihre erste Beschäftigung sein. Ein dumpfes Geräusch schreckte sie auf. Da war etwas im Wohnzimmer. Vorsichtig schlich sie in den Raum. Die Vorhänge waren beiseitegeschoben und gaben den Blick auf eine tote Amsel frei, die wohl ungebremst gegen die Scheibe geflogen war und nun auf dem Balkon lag. Schnell zog sie die Vorhänge vor, um den toten Vogel nicht anschauen zu müssen. Nun konnte sie noch nicht einmal den Balkon betreten. Sie ging wieder in die Küche zurück, setzte sich auf die Eckbank und versuchte, gleichmäßig und ruhig zu atmen. Diese verdammte Angst!

Einmal, als ihr auch noch speiübel gewesen war, hatte sie die Hoffnung gehabt, sie könnte ihre Angst auskotzen; einfach so lange über der Kloschüssel hängen, bis alle Angst draußen wäre. Sie hatte sich einen Finger in den Hals gesteckt und ein bisschen was hinaus gewürgt. Danach hatte sie sich auf die Wiese hinter dem Haus gelegt, den Schäfchenwolken hinterher geschaut, tief eingeatmet und sich vorgestellt, dass sie mit jedem Atemzug positive, lichte Gedanken einatme.

Ein anderes Mal war sie vor Tau und Tag bis zum Waldrand gelaufen, hatte sich dort an einen Bach gesetzt, sich mit eiskaltem Wasser bespritzt und einen Rosenkranz gebetet. Danach verspürte sie einen Tag lang keine Angst. Wenn sie an den Aufwand dachte, konnte sie mit der Wirkung nicht zufrieden sein.

Die Angst hatte sich wohl auch in ihrem Gesicht einen Platz gesucht. Leni wusste, dass die Kollegen im Büro darüber spöttelten, dass sie aussähe, als wären ihre Augen vor Schreck geweitet. Sie hatte einmal gehört, wie der neue Kollege zu Uschi aus der Finanzbuchhaltung sagte, dass man sie vor eine Geisterbahn stellen könne, um Leute anzulocken. „Ach komm!", hatte Uschi nur gesagt.

Leni ging ins Schlafzimmer hinüber und nahm zwei Stapel Pullover aus dem Schrank und wischte die Fächer aus. Ein Lavendelsäckchen hatte sich geöffnet und überall in den Pullovern steckten die kleinen getrockneten Blüten. Leni nahm einen Stapel, ging ans Fenster, um dort Pullover für Pullover auszuschütteln. Sie schüttelte sie mit einer Heftigkeit, dass ihr bald die Arme wehtaten. Beim Falten der Pullover war ihr Akkuratesse wichtig. Dieses Wort liebte sie, sie war damit groß geworden.

„Ein Kleiderschrank muss jederzeit inspiziert werden können. Leni, denk an die Akkuratesse: Kante auf Kante", hatte ihre Mutter immer gesagt.

Wenn Mutter „Kante auf Kante" sagte, sauste ihre rechte Hand wie zu einem Handkantenschlag herunter.

Leni hörte in sich hinein. Die Kopfbewohner gaben Ruhe.

Mit Inbrunst widmete sie sich dem Aufräumen. Sie zwang sich, nicht dauernd auf die Uhr zu schauen. Doch jetzt wagte sie einen Blick auf Martins Wecker, der auf seinem Nachttisch stand. Ein Geschenk von seinen Wanderfreunden; eine Sennerin in bayrischer Tracht, die Martin jeden Morgen, außer sonntags, mit einem Jodler weckte. Enttäuscht registrierte sie, dass sie zu schnell gearbeitet hatte, denn seit Martins Abreise waren erst zwei Stunden vergangen. Sie öffnete den Dielenschrank und sah mit einem Blick, dass sie sich kein hausfrauliches Versäumnis vorwerfen konnte. Egal, sie begann den Schrank trotzdem auszuräumen. Irgendwann wurde sie hungrig und überlegte, ob sie sich unten im Pizzagrill etwas zu essen holen sollte. Seit acht Jahren gab es diesen Schnellimbiss in ihrem Haus. Er wurde von Meltem und Sahin betrieben. Sie zog sich ihren Mantel über und ging hinunter. Wie immer, standen schon etliche Kunden an, um sich etwas zu bestellen. Leni dachte daran, dass sie sich eine Zeit lang geweigert hatte, bei den beiden einzukehren, weil sie sich über Meltem geärgert hatte. Zwei Jahre nach der Eröffnung stand immer noch in großen gelben Lettern „NEU" auf der Schaufensterscheibe. Sie hatte Meltem darauf aufmerksam gemacht und ihr erklärt, dass sie die Klebebuchstaben abnehmen könne, der Imbiss sei nicht mehr neu. Meltem hatte lieb gelächelt und sich für den Hinweis bedankt, aber nichts geschah. Zwei, drei weitere Male hatte Leni den Versuch unternommen, Meltem die Absurdität dieser drei Buchstaben zu vermitteln. Jedes einzelne Mal hatte sich Meltem herzlich für den Rat bedankt, jedoch geschah wieder nichts. Leni entschied sich für Streik, verzichtete eine Zeit lang auf Döner und Kebab und wunderte sich, warum sie weiterhin so herzlich von Meltem und Sahin begrüßt wurde. Irgendwann erschien es Leni nicht mehr sinnvoll, jemanden zu bestrafen, der sich überhaupt nicht bestraft fühlte. Sie gab ihren Widerstand auf und belohnte sich und Martin am Wochenende manchmal mit Meltems kleinen Köstlichkeiten. Heute wollte sie sich einen Vorspeisenteller bestellen. Meltem strahlte sie an wie immer, obwohl sie hin und her wirbeln musste, da sie so viele Kundenwünsche zu bedienen hatte. Als Leni den Imbiss verließ, um wieder ins Haus zu gehen, sah sie etwas Weißes auf dem Bürgersteig liegen. Sie hob es flink auf, steckte es in ihre Manteltasche und kehrte in ihre Wohnung zurück. Während sie Schafkäsestückchen mit Honig beträufelte und sich mit Mandeln gespickte Oliven in den Mund schob, freute sie sich schon auf die gefüllten Weinblätter und die Joghurtcreme, die einen Hauch Knoblauch verströmte und bald mit dem knackigen Fladenbrot den Höhepunkt ihrer Mahlzeit bilden würde. Auf dem Tisch lag die Tageszeitung. Sie begann bei den Todesanzeigen nachzuschauen, ob Frauen ihres Jahrganges zu betrauern waren.

„Heute eine in meinem Alter", flüsterte sie im Selbstgespräch und dann sagte sie noch leiser „Krebs".

Das konnte sie anhand des Textes erahnen, wenn da stand „lange gekämpft und doch verloren" oder ähnliche Sätze. Nachdem sie ihren Milchkaffee genossen hatte, erhob sie sich, ging in den Flur ans Bücherregal und schaute, welche Bücher sie aussortieren würde, um sie zwei Straßen weiter in den Bücherschrank zu stellen, an dem sich jeder bedienen konnte.

Da fiel ihr Blick auf ihren Mantel, der so harmlos am Garderobenhaken hing. Ihr wurde ganz heiß. Jetzt hatte sie doch Blödsinn gemacht. Sie hatte etwas an sich genommen, das ihr nicht gehörte. Sie bewegte sich so langsam auf den grauen Wollmantel zu, als könne er ihr gefährlich werden. Vorsichtig griff sie in die Seitentasche. Nichts. Auf der anderen Seite fischte sie eine CD heraus, nur geschützt durch eine weiße Papierhülle. Mit ungelenken Buchstaben hatte jemand eine Widmung auf die Hülle geschrieben. „Für Ruth". Und darunter stand: „statt letzter Worte ...". Leni lehnte sich an die Dielenwand, starrte auf die Buchstaben, die ihr nicht galten, und dachte, dass sie nun Ruth sei. Ohne weitere Überlegungen ging sie ins Wohnzimmer, nahm die CD aus der Hülle, las, dass ein gewisser Wayle Jennings der Sänger war, startete den Player und lauschte gebannt auf das, was kam. Der Song war in englischer Sprache. Leni hatte zwar Englisch in der Schule gelernt, doch das meiste wieder vergessen. Die Musik zog sie aber sofort in ihren Bann. Sie wiegte sich im Dreivierteltakt. Sie war Ruth und da sang jemand nur für sie. Sie wünschte sich, dass das Lied kein

Ende nähme. Sie drückte auf Repeat. *I hope that I find what I'm reaching for, the way that it is in my mind.*

Sie tanzte so lange, bis ihre Wangen glühten und sie ermattet auf das Sofa sank. Ihr war schwindelig; sie wollte nur ein klein wenig ruhen.

Es klingelte an der Tür. Für Leni war es ein Schreckmoment, es hatte sich niemand angekündigt. War das die Polizei? Vielleicht hatte jemand beobachtet, wie sie die CD aufgehoben hatte. Sie schlich zur Korridortür und schaute durch den Spion. Ach, dort stand nur Meltem. Erleichtert öffnete sie die Tür.

„Du hörst schöne Musik", meinte Meltem, während sie sich neugierig umsah.

„Ja, die ist schön", antwortete Leni.

„Du hast ganz rote Wangen, Leni."

Leni wurde es jetzt zu viel.

„Was möchtest du denn, Meltem?"

„Entschuldige bitte, Leni, aber ein Kunde, der zur gleichen Zeit wie du bei uns war, hat eine CD verloren. Wie er sagte, war es eine Herzens-CD. Hast du sie vielleicht gefunden?"

„Nein, habe ich nicht."

Meltem rührte sich nicht vom Fleck.

„Du siehst schön aus mit den roten Wangen, Leni."

Leni riskierte einen schnellen Blick in den Garderobenspiegel. Ihre roten Haare, die sie am Morgen zusammengebunden hatte, waren teilweise aus dem Haarband gerutscht und kringelten sich an ihren Ohren vorbei;

hektische rote Flecken verteilten sich auf ihrem sonst so blassen Gesicht.

Das sollte schön aussehen?

„Leni, es spielt immer nur ein Lied. Der Mann singt schöne Worte."

„Verstehst du denn überhaupt etwas?"

„Ja, klar!"

„Was singt er denn?"

Meltem legte den rechten Zeigefinger auf ihre Lippen und wandte sich mit einem Ohr dem Lautsprecher zu.

„But I'll always miss, dreaming my dreams with you".

Leni und Meltem schauten sich an und sangen gemeinsam diese Liedzeile mit. Dann lachten beide verlegen.

Meltem rührte sich immer noch nicht vom Fleck.

„Leni, würdest du einmal mit mir tanzen?"

Leni starrte sie mit offenem Mund an.

„Wir sind zwei Frauen!"

„Wenn ich im Urlaub in der Türkei bin, tanze ich immer mit anderen Frauen."

Meltem war näher an Leni gerückt, hatte ihren linken Arm gegriffen, strahlte sie an und sagte höflich: „Darf ich bitten, Madame?"

Leni ließ sich führen und die beiden Frauen tanzten beschwingt durch Diele und Wohnzimmer und sangen die Zeilen voller Inbrunst mit.

Dann blieb Leni mit ihrem Kleid an einem Türgriff hängen. Sie versuchte sich schnell loszumachen. Die weiße CD-Hülle lag plötzlich auf dem Boden, die Widmung war deutlich zu lesen. Meltem blickte

Leni ungläubig an. Dann veränderte sich ihr Blick. Leni wollte etwas sagen, doch ihr fiel nichts ein. Sie schwieg; begann zu hüsteln. Als sei sie entblößt, verschränkte sie die Arme vor ihrem Körper. Gleich würde Meltem empört aus der Wohnung rennen und alle wüssten demnächst, dass sie nicht nur eine Diebin, sondern auch eine Lügnerin wäre. Doch Meltem blieb. Sie zog Lenis Kopf an sich heran und flüsterte immer wieder: „Ist doch okay. Ist doch okay."

Leni begann zu schluchzen. Meltem wiegte sie in ihren Armen. Leni kuschelte sich in ihre Armbeuge. Wie gut es da roch! Meltems Körper verströmte so etwas eigentümlich Pfeffrig-Süßes. Während Leni sich ankuschelte, begann Meltem Lenis Nacken zu küssen. Dann zog sie Leni zur Couch und ließ sich mit ihr fallen.

„Meltem, was machst du mit mir?"

„Nichts Schlimmes, oder?"

Leni lachte befreit; nahm Meltems Kopf in ihre Hände, schenkte ihr viele kleine Küsse und meinte: „Nein, nichts Schlimmes."

Leni fühlte sich geborgen. Ihr Körper war weich und sie empfand keinen Widerstand mehr, als sie sich Meltem anvertraute und sich auf ihre Zärtlichkeiten einließ. Währenddessen spielte die CD, die eigentlich für Ruth bestimmt war, diese bittersüße Weise, und ein Mann sang immerfort, dass er sich wünschte, seine Träume nicht alleine träumen zu müssen.

Leni und Meltem lagen Arm in Arm auf dem Sofa. Meltem lachte verschmitzt, als sie sich über Leni beugte.

„Hast du Brausepulver?"

„Brausepulver?"

„Für deinen Bauchnabel."

Leni setzte sich ruckartig auf.

„Du meinst ...?"

„Ja, das kribbelt so toll."

Leni sprang vom Sofa, rannte zum Schrank, öffnete eine schmale Tür und rief aufgeregt: „Ich glaube, hier lagen doch noch Tütchen. Wo sind sie denn, wo sind sie denn?"

Dann hielt sie triumphierend eine Tüte in der Hand.

„Ich habe das mit dem Brausepulver schon einmal in einem Film gesehen. Bis heute hätte ich mich nicht getraut, zuzugeben, dass mir diese Szene sehr gefallen hat."

Meltem schenkte Leni ihr schönstes Lächeln und fragte dann auf einmal ganz schüchtern: „ Möchtest du meine Freundin sein?"

Leni guckte streng. „Meltem, ich glaube, ich kann das nicht."

„Was kannst du nicht?"

„Freundin sein."

Sie zögerte kurz, bevor sie weitersprach.

„Sei bitte nicht enttäuscht, ich kann dir jetzt keine endgültige Antwort geben. Ich bin äußerst verwirrt. Ich überlege die ganze Zeit, ob du mir etwas ins Essen getan hast."

Leni musste kichern. Meltem schaute sie ganz ernsthaft an.

„Du bist albern, Leni."

Und dann sang sie ganz leise: „But I'll always miss, dreaming my dreams with you."

Leni spürte eine tiefe Traurigkeit. Sie mühte sich, ihre Tränen zurückzuhalten. Sie schluchzte laut auf, dann hörte sie einen ohrenbetäubenden Lärm. Glas schepperte.

Leni schreckte hoch. Sie fand sich auf ihrer Couch wieder. Ihr Gesicht war tränennass. Das offene Fenster war zugeschlagen und hatte die Gardine eingeklemmt. Eine Blumenvase lag zerbrochen auf dem Fußboden. Einige Blumen waren in der Heizung hängen geblieben. Leni fühlte sich, als ob sie zu viel von Frau Plötzens Gesundheitsschnaps getrunken hätte. Schwerfällig erhob sie sich vom Sofa. Hatte sie geträumt? Sie schaute auf die Wohnzimmeruhr, eine Sonne, die sie mit fröhlichen Augen anstrahlte. Martin hatte vor acht Stunden das Haus verlassen. Es war achtzehn Uhr. Der CD-Player! Sie drückte auf Play. Gott sei Dank, diese schöne Melodie war real. Und den Text konnte sie auch gleich mitsingen: „But I'll always miss, dreaming my dreams with you."

Und das mit Meltem? Musste sie wohl geträumt haben. Wieso fühlte sie sich in ihren Träumen lebendiger als im wirklichen Leben? Leni setzte sich auf einen Stuhl und schaute dem Teppich dabei zu, wie er gierig das Blumenwasser aufsog. Ein schriller Klingelton riss sie aus ihrer Versunkenheit. Leni lief hektisch durch die Wohnung. Ach das Telefon!

„Das dauert ja eine Ewigkeit, bis du dich meldest."

Leni hielt das Telefon weit weg vom Ohr. Martins dröhnende Stimme war gut zu hören.

„Es hat einen Wintereinbruch gegeben. Ich werde eher zu Haus sein. Und, welchen Blödsinn hast du gemacht?"

„Die Blumenvase ist zerbrochen."

„Na, Spatzl, das werden wir so grad noch verkraften".

Leni hörte das schallende Gelächter ihres Ehemannes.

„But I'll always miss, dreaming my dreams with you."

„Na, du machst mir Spaß! Jetzt redest du schon Englisch mit mir! Mach morgen Mittag ein paar Knödel mehr, ich bring den Werner zum Essen mit. Bis dann, und mach keinen Blödsinn!"

Leni ließ das Telefon von einer in die andere Hand gleiten. Sie dachte nach. Dann sprang sie vom Stuhl auf und zog sich ihren Mantel über. Sie nahm die CD aus dem Player, steckte sie sorgfältig in die weiße Papierhülle und deutete einen Kuss an. Beschwingt verließ sie die Wohnung.

Die Magie von Kolumba

Die Stimme traf Marie wie ein Erdbeben. Sie saß im Leseraum des Museums, in dem nur das leise Umblättern der Seiten zu hören war. Sie hatte gerade ein paar Gedanken aufgeschrieben, die ihr beim Gang durch die Ausstellung gekommen waren. Was will der denn hier?, dachte sie empört. Pfarrer Holzdeppe hatte eine Zeit lang ein Hilfsprojekt auf den Philippinen betreut. Jetzt war er also wieder im Lande. Sie verband mit ihm die lieblos durchgeführte Beerdigung ihres Mannes. Das polternde, wenig mitfühlende Auftreten des Priesters war ihr in unangenehmer Erinnerung geblieben. Er führte anscheinend jemanden durch das Museum.

„Nun zeige ich Ihnen einmal mein Lieblings-Kruzifix aus Elfenbein, es ist aus dem … Moment, da schauen wir doch im Heftchen nach …"

„Zwölften Jahrhundert", flüsterte Marie.

„Es ist aber mein Lieblings-Kruzifix", fügte sie an.

Ein junger Mann in Motorradkluft, der am Fenster stand und auf die Dächer von Köln schaute, drehte sich zu ihr um und fragte: „Meint der das Elfenbein-Kruzifix in Raum vierzehn?" Marie nickte stumm.

Ihre Gedanken waren da schon zu dem Tag zurückgeschweift, den sie als Tag null bezeichnete. Sie hatte keine Übung darin, schlimme

Botschaften zu empfangen. Bis zu diesem Tag war ihr Leben ein langsam fließender, unspektakulärer Fluss gewesen. Und dann stand da auf einmal ein Polizist im Garten, der ihr gestikulierend zu verstehen gab, sie solle den Rasenmäher ausschalten. Neben ihm ein ernst schauender Mann in Jeans und Jackett. Und dann die Worte des Polizisten, ganz schlicht gesprochen in den Sommer-Sonnen-Nachmittag hinein: „Frau Baumgarten, ich muss Ihnen leider mitteilen, dass Ihr Mann bei einem Verkehrsunfall tödlich verunglückt ist."
Marie hatte beide Männer angestarrt, sich gebückt und begonnen, den Rasenmäher zu reinigen. Als sie wieder aufschaute, war der Polizist verschwunden. Der ernst schauende Mann saß auf der Gartenbank zwischen flatternder weißer Bettwäsche. Er hielt ihrem Blick stand, erhob sich schwerfällig und ging langsam über die gemähte Wiese, um vor Marie in die Hocke zu gehen.
„Lassen Sie uns ins Haus gehen", sagte er leise und zog sie sanft hoch. Marie erinnerte sich, dass die Rotoren eines Helikopters zu hören waren. Mit fürsorglichem Druck zog der Mann Marie ins Haus. Sie würde nie mehr den Duft eines gemähten Rasens einatmen können, ohne an diesen Moment zu denken. Das langsame Verstehen, dass dieser Mann, der sie behutsam ins Haus führte, keine Filmfigur war, obwohl sie immerzu überlegt hatte, in welchem Film die Szene, in der sie sich gerade befand, vorkam, hatte sich in ihr Hirn eingebrannt. Freunde und ihr Sohn Luis, der aus den USA angereist kam, nahmen ihr in den ersten Tagen all das ab, was zu erledigen war. Luis blieb noch

vierzehn Tage nach der Beerdigung bei ihr. Sie war sehr dankbar dafür, doch diese gemeinsame Zeit zeigte ihr auch, wie wenig er von ihr wusste oder vielleicht auch nicht wissen mochte. An einem Tag kam er mit einem großen Teddybären an.

„Damit du dich nicht so alleine im Bett fühlst", erklärte er schüchtern. Luis hatte noch nicht mitbekommen, dass sie schon vor fünf Jahren ein eigenes Schlafzimmer bezogen hatte. Erotik hatte nie eine Hauptrolle in ihrer Ehe gespielt, vielleicht war alles zu harmonisch bei ihnen gewesen. Sie hatte einmal gelesen, dass ein gutes Sexleben auch eine Portion Drama benötigte. Doch Dramen waren in ihrem Ehe- und Familienleben niemals vorgekommen. Um die zu erleben, gingen sie ins Theater oder ins Kino. Mit Kilian hatte sie ihren besten, verlässlichsten Freund verloren. Einen Kümmerer, einen Probleme-aus-dem-Weg-Räumer, einen Ehemann, für den auch der Alltag selbstverständlich war. Ab dem Tag null aber musste sie feststellen, dass sie sich selbst kaum kannte. Wie oft fiel ihr in der ersten Zeit nur eine einzige Antwort ein, wenn jemand sie fragte, was man Gutes für sie tun könne.

„Keine Ahnung. Macht euch keine Gedanken um mich."

„Vielleicht machst du dir aber endlich einmal Gedanken um dich!", herrschte eine Freundin sie irgendwann an. Es fühlte sich grob an, aber für Marie war es so etwas wie ein Weckruf gewesen. Dieser Satz machte ihr klar, dass sie für ein Projekt das „Maries Zukunft" heißen könnte, Unterstützung bräuchte.

„Ich kann mir gerade um nichts Gedanken machen", schluchzte Marie. „Ich glaube, alleine schaffe ich das nicht."

Wenig später fand Marie in ihrem Briefkasten den ersten Brief. Immer am ersten Montag des Monats bekam sie einen weiteren Brief mit der verheißungsvollen Aufschrift „Einladung zu einem magischen Ort". Sie fand bald heraus, dass ihre Freunde dahintersteckten.

Luise, die von sich behauptete, Atheistin zu sein, schleppte sie ausgerechnet in das Diözesanmuseum.

„Ich lade dich jetzt in meinen Tempel ein", meinte sie und schaute Marie fast schuldbewusst an. „Jedes Mal, wenn ich in Köln bin, komme ich hierher". Für Marie öffneten sich mit dem Besuch des Gebäudes neue Welten. Sie begann sich für Kunst und Architektur zu interessieren, besuchte Vorträge und reiste zu Ausstellungen in alle großen Städte der Republik. Das Kolumba-Museum – so wird das Diözesanmuseum auch genannt - blieb für Marie jedoch ein magischer Ort. Es wurde so etwas wie ein Stück spiritueller Heimat, ein Kraftort.

„Entschuldigung, ist das Ihre Brille?"

Der junge Mann in Motorradkluft hielt fragend ihre Lesebrille in seiner Hand. Sie musste wohl auf den Boden gefallen sein, als sie mit ihren Gedanken in der Vergangenheit steckte.

„Oh, ja, danke!"

Marie nahm ihre Brille schnell entgegen und schob sie sich ins Haar. Sie ließ das Notizbüchlein zuklappen und steckte es in ihre Jackentasche. Von Pfarrer Holzdeppe war nichts mehr zu hören. Langsam schlenderte sie in Raum vierzehn, um „ihrem" Elfenbein-Kruzifix guten Tag zu sagen. Breitbeinig stand der junge Mann in seiner Lederkluft vor dem Kruzifix, betrachtete es und las dann immer wieder in dem kleinen Begleitheft. Er war der einzige Besucher in dem Raum. Marie genoss das, was sie sah. Der Motorradmann wurde unter ihrem Blickwinkel Teil der Ausstellung. Gruppen hatten hier ihre eigenen Termine und so hatte der einzelne Besucher die Möglichkeit, die meditativen Aspekte der Ausstellung zu genießen. In Raum fünfzehn freute sie sich, dass Stefan Lochners „Madonna mit dem Veilchen" nach einer Restaurierung wieder am alten Platz hing. Dort konnte sie auch einen Blick auf den Dom werfen. Sie begrüßte eine der Museumsmitarbeiterinnen und fasste kurz nach den grauen Vorhängen aus Japanseide, die an den bodentiefen Fenstern hingen und sich wunderbar anfühlten. Sie ließ sie rasch los, als sie bemerkte, dass sich der Motorradmann Raum fünfzehn näherte.

Er schaute sie offen und freundlich an, wies mit der Hand in den Nebenraum und sagte: „Ihr Kruzifix wartet auf Sie."

„Dann werde ich meinem Lieblings-Kruzifix jetzt guten Tag sagen", antwortete Marie freundlich.

Sie war schon fast an ihm vorbeigegangen, als er sie nochmals ansprach: „Entschuldigen Sie, haben Sie auch einen Lieblingsmenschen?"

Marie stoppte ruckartig, dachte bei sich, der ist wohl verrückt, mochte ihn damit natürlich nicht konfrontieren, sondern fragte nur: „Wie bitte?"

„Vielleicht bin ich zu unhöflich." Der Motorradmann machte einen Schritt auf sie zu. „Aber da ich nun weiß, dass Sie ein Lieblingskruzifix haben, interessiert mich, ob es auch einen Lieblingsmenschen gibt."
„Das ist mir jetzt aber zu intim!" Marie spürte, wie eine Hitzewelle sie überflutete. Sie hastete von dannen und ließ den Motorradmann einfach stehen. Während sie die schmalen, wie frei schwebenden Treppen hinuntereilte, fühlte sie sich auf der Flucht. Sie öffnete die große Tür zum Innenhof. Endlich Luft! Schweiß lief ihr den Rücken hinunter. Der Hof war menschenleer. Neben einem Christusdorn stand ein Stuhl, auf den ließ sie sich fallen. Sie war ärgerlich. Ärgerlich über sich selber. Wieso lief sie vor jemandem fort, der ihr Sohn hätte sein können?
„Entschuldigung, haben Sie einen Lieblingsmenschen?" Wie konnte sich ein junger Mann erdreisten, ihr solch eine Frage zu stellen? Empörung stieg wieder in ihr auf und ließ sie von ihrem Stuhl aufspringen. Sie begann, die einzeln stehenden Bäume zu umrunden; Ärger braucht Bewegung, hatte sie neulich in einer Gesundheitszeitschrift gelesen. Ein junges Paar betrat den Hof. Der Mann dirigierte die Frau mit knappen Anweisungen seiner Hände vor die Skulptur der Liegenden und begann sie zu fotografieren. Der machte das Posieren sichtlich Spaß.

„Wie unbefangen sie doch ist", dachte Marie.

Unbefangen – das war das Stichwort. Wieso hatte sie nicht unbefangen auf die Frage des jungen Mannes reagieren können? Wieso hatte sie die Flucht ergriffen? Wenn sie ehrlich war, schämte sie sich ein wenig für ihr Verhalten. Gleichzeitig war aber ihre Empörung über die Frage des jungen Mannes noch nicht verebbt. Sie entschloss sich, das Museum zu verlassen und nach Hause zu fahren. Da entdeckte sie Pfarrer Holzdeppe, der mit zwei jungen Priestern im Foyer stand. Dem wollte sie nun wirklich nicht begegnen! Sie ging langsam an das hintere Ende des Hofes. Sie dachte an das Gespräch, das sie vor drei Jahren zur Vorbereitung der Beerdigung mit dem Pfarrer geführt hatte. Er war so schrecklich unkonzentriert gewesen! Er konnte sich noch nicht einmal ihren Namen merken. Ständig hatte er sie „Frau Ding" genannt. Nun gab es wohl wieder kein Entrinnen vor diesem Mann, denn sie sah, dass der Pfarrer mit seiner Begleitung den Hof betrat. Er stutzte kurz, dann stürmte er auf sie zu.

„Da habe ich doch richtig gesehen! Die liebe Frau Ding, äh, wie war gleich noch einmal Ihr Name? Ach, die Jahre im Ausland haben mich die Namen meiner lieben Gemeindemitglieder vergessen lassen." Holzdeppe hatte seinen schweren Arm auf ihre Schulter gelegt und winkte die jungen Priester näher heran.

„Heute ist wohl mein Karfreitag", dachte Marie schicksalsergeben.

„Das hier ist Frau – äh ..."

„Baumgarten", antwortete Marie genervt und versuchte aus der Umklammerung Holzdeppes herauszukommen.

„Ach so, ja Baumgarten", wiederholte der Pfarrer und zog sie noch ein wenig fester in seine Arme.

„Ich habe die Trauerandacht für Frau Baumgartens Gatten gehalten. Schade, dass Frau Baumgarten nicht wollte, dass wir die Zeremonie auf Video aufnehmen. Ihr hättet mit diesem Anschauungsmaterial eine Menge lernen können."

Die jungen Priester nickten stumm.

„Frau Baumgarten, jetzt möchte ich Sie aber zu einer Tasse Kaffee einladen. Sie haben mir sicherlich viele Neuigkeiten aus meiner ehemaligen Gemeinde zu erzählen."

Pfarrer Holzdeppe hielt Marie immer noch in seinem Klammergriff gefangen, blickte breit grinsend auf sie herunter und Marie starrte auf den Spuckfaden, der zwischen des Pfarrers Ober- und Unterlippe hin und her tanzte. Marie war im Begriff, ihren Mund zu öffnen, um etwas von einer Freundin zu erzählen, die ihren Besuch erwartete, oder so etwas Ähnliches, da trat der Motorradmann in den Hof. Wie selbstverständlich kam er auf sie zu, lachte sie an und meinte – nachdem er sich kurz vor Holzdeppe verbeugt und ihn mit einem knappen „Hochwürden" gegrüßt hatte: „Ach hier bist du, ich habe dich schon gesucht."

Dann wieder an den Pfarrer gerichtet: „Wir müssen uns jetzt verabschieden, auf meine Freundin wartet noch eine Überraschung."

Marie spürte nun den Arm des Motorradmannes auf ihrer Schulter. Sie roch ein Gemisch aus Leder und seinem herben Eau de Toilette und dachte in diesem Augenblick an ihre Freundin Luise. Luise würde nicht glauben, was sie von ihrem Besuch im Kolumba-Museum zu erzählen hatte! Gleichzeitig wunderte sie sich, dass sie dieser „Entführung" so wenig entgegensetzen konnte. Nein, sie verspürte sogar ein riesiges inneres Lachen. Sie verabschiedete sich von dem verblüfften Pfarrer, deutete noch auf ihre Lippen und sagte: „Sie haben da etwas." Im Hinausgehen bekam sie gerade noch mit, dass das junge Paar seine Fotosession unterbrochen hatte. Sie lachten sie an und hielten wohlwollend ihren Daumen nach oben gestreckt.

„Die liken uns", sagte Marie verdutzt. Und dann zu dem Motorradmann gewandt: „Jetzt bin ich auf die Überraschung gespannt."

„Welche Überra … ach so, nun, das war leider eine vollkommen unchristliche Notlüge. Sie haben so unsagbar unglücklich geschaut. Da hatte ich die Idee, Sie zu retten."

Der Motorradmann zog sie in den Raum mit den Schließfächern hinein. „Lassen Sie eigentlich immer alles mit sich machen?", fragte er, als er seinen Motorradhelm aus dem Schließfach holte.

„Hallo, werden Sie nicht frech! Vielleicht schaffe ich es nicht so gut, mich gegen Übergriffe zu wehren. Im Übrigen auch nicht gegen Ihre. Mit dem Pfarrer von eben verbinde ich halt schlimme Ereignisse. Ach, was rede ich überhaupt … ich bin Ihnen überhaupt keine Erklärung schuldig! Mir wird das hier alles zu viel! Ich will nur weg!"

Dabei zerrte sie ihre Handtasche und eine Einkaufstüte aus dem Fach. Sie spürte schon wieder diesen Fluchtimpuls. Doch im Türrahmen hielt sie inne. Heute war ein verrückter Tag, warum nicht einmal etwas

Verrücktes tun? Sie drehte sich zum Motorradmann um, nachdem ihr Bauch blitzschnell okay gefunkt hatte, und traute sich wahrhaftig: „Darf ich meinen Retter zum Kaffee einladen?"

„Wer lädt mich denn da ein?"

„Na ich!"

Der Motorradmann lachte.

„Der sich da gerade über Sie amüsiert, heißt Paul. Und wie heißt bitte die Dame, die mich eingeladen hat?"

„Ach so, Marie."

Sie gingen in das kleine Bistro gleich neben dem Museum, bestellten Nusstorte und Möhrenkuchen, sowie zwei Milchkaffee.

Sie saßen sich gegenüber, schauten sich an und für Marie hatte es den Anschein, als wollten beide testen, wie lange der jeweils andere es aushalten würde zu schweigen.

„Ich schaue Sie gerne an, Marie."

„Ja und was sehen Sie da, Paul?"

„Eine Frau, die mädchenhaft wirkt, mit weit auseinander stehenden braunen Augen, einer Stupsnase und einem kleinen Mund, der sich bis jetzt viel zu wenig zu einem Lachen verzogen hat."

„Sie sind ja ein richtiger Courts-Mahler."

„Wer ist das denn?"

„Schon gut. Sie müssten so alt sein wie mein Sohn."

„Wie alt ist der denn?"

„Dreißig."

„Danke Marie, ich bin achtunddreißig."

Marie gab sich einen Ruck.

„Wieso fragt ein junger Mann eine Frau, die seine Mutter sein könnte, ob sie einen Lieblingsmenschen hat?"

„Weil mich die Frage gerade selbst sehr beschäftigt. Und im Übrigen könnten Sie niemals meine Mutter sein."

Marie blickte von ihrer Tasse hoch. Sie schaute Paul an, der sie anlächelte, sah auch, dass seine Augen weiter ernst blickten, sah, dass er drei Grübchen hatte und Hände, die wohl viel arbeiten mussten und sie verspürte im gleichen Moment den dringenden Wunsch, von ihm in die Arme genommen zu werden. Sie erschrak.

„Habe ich wieder etwas Falsches gesagt, Marie?"

„Nein, nein, schon gut. Ich habe etliche Lieblingsmenschen, die mir alle sehr wichtig sind."

„Das meint der Song aber nicht."

„Der Song?"

„Ja, kennen Sie den Song *Lieblingsmensch* von Namika nicht? Der wird doch im Radio rauf und runter gespielt."

„Ich höre wohl den falschen Sender. Erzählen Sie mehr!"

„Hallo Lieblingsmensch, ein Riesenkompliment dafür, dass du mich so gut kennst ..."

Paul sang mit schöner klarer Stimme den Refrain. Er blickte dabei auf seinen Teller. Marie war verzaubert. Die wenigen Gäste des Bistros schauten neugierig zu ihnen herüber.

„Singen Sie doch weiter, bitte!" bettelte Marie.

„Geht nicht." Paul blickte jetzt hoch und schniefte.

„Oh je ..." Marie fiel es wie Schuppen von den Augen.

„Sie haben auch einen Verlust zu tragen, stimmt's?"

„Auch heißt, dass Sie auch, äh ..." Paul stockte.

„Mein Mann ist vor drei Jahren tödlich verunglückt."

„Meine Frau hat sich vor zwei Jahren umgebracht."

Marie schaute Paul an und legte ihre Hände in seine.

Sie konnte sich nicht erinnern, wann sie nach Kilians Tod einen derart intimen Moment erlebt hatte. Ihr gegenseitiges stummes Mitgefühl wirkte so selbstverständlich und war ohne einen Hauch von Peinlichkeit.

Irgendwann unterbrach Paul ihr Schweigen und begann vorsichtig:

„Marie, ich möchte am liebsten ..."

„Was?"

„Ach, schon gut."

„Paul, dann sag ich Ihnen, dass Sie anscheinend ein Zauberer sind."

„Ein Zauberer, wieso?"

Marie hörte ihr Herz bis zum Hals schlagen. Ihr Magen war ein riesengroßer leerer Raum. Ihr war flau und schwindelig. Gleichzeitig hatte sie das Gefühl, high zu sein, euphorisiert und quicklebendig!

„Sie hätten nicht so schön singen sollen."

„Weil ...?"

„Männer, die so schön singen können, finde ich sexy."

„Wow!"

Mehr sagte Paul nicht. Sie schauten einander an und Marie hatte das Gefühl, sie würde sich unter seinen Blicken auflösen.

„Marie, das war das schönste Kompliment, das ich seit Langem bekommen habe."

Sie blickten sich tief in die Augen, erzählten sich gegenseitig, wie sie mit dem Verlust umgegangen waren, und Marie wunderte sich über die Vertrautheit, die zwischen Ihnen zu spüren war.

„Ich erzähle Ihnen so viel, dabei kenne ich Sie gar nicht."

„Aber Sie haben sich doch auch meine Geschichte angehört."

„Vielleicht wundere ich mich nur über meine Offenheit Ihnen gegenüber. Vielleicht ist mir das sogar ein wenig unheimlich."

„Unheimlich? Es ist Ihnen unheimlich mit mir?"

„Nein, Sie haben mich falsch verstanden, ich wollte sagen ..."

Paul lächelte sie an. Dann nahm er ihre Hände in seine und begann jeden ihrer Finger zu küssen. Zwischendurch schüttelte er seinen Kopf, schaute sie an und sagte: „Unheimlich finden Sie mich ... Wie kann ich das nur ändern?"

Marie senkte ihren Blick. Sie hoffte, dass Paul nicht bemerkte, was er für körperliche Reaktionen bei ihr ausgelöst hatte. Sie hatte vergessen, verdrängt oder was auch immer, dass sie jemanden begehren konnte. Nein, sie wollte es auch nicht und dann wollte sie es doch. Sie war erstaunt, was sie so alles denken und vor allen Dingen fühlen konnte, schämte sich aber auch für diese Gedanken. War sie denn vollkommen von der Rolle? Wenn Paul sie gefragt hätte, ob sie mit ihm kommen würde, sie hätte eingewilligt.

Doch Paul fragte sie nicht. Paul schaute auf seine Uhr.

„Marie, ich muss jetzt fahren, mein Vater wartet auf seine Ablösung."

„Ablösung?"

„Wir haben einen landwirtschaftlichen Betrieb und ich muss nach Mechernich."

Marie landete wieder auf der Erde.

„Mechernich? Dort ist doch die Bruder-Klaus-Kapelle von Peter Zumthor."

Marie bezahlte bei der Kellnerin und Paul bedankte sich artig.

„Ja, mein Vater hat mitgeholfen, sie zu bauen, darf ich Sie demnächst zu einer Privatführung einladen?"

Marie spürte Pauls bewusste Förmlichkeit. Sie gingen gemeinsam nach draußen in einen milden Herbstnachmittag. Die Sonne begann sich zu verabschieden, man sah schon die Mondsichel. Vor Pauls Motorrad blieben sie stehen. Paul hängte seinen Helm an den Lenker, drehte sich zu Marie, stellte mit beiden Händen ihren Mantelkragen hoch und begann sie zu küssen. Ganz zart und behutsam. Für ein paar Minuten erschien es Marie, als gäbe es nur sie und Paul auf der Welt. Paul hielt sie in seinen Armen, murmelte leise, dass es ihm leidtäte, sie zurücklassen zu müssen und flüsterte dann in ihr Ohr: „Marie, ich würde dich so gerne wiedersehen!"

„Oh Paul …!" Marie war überrumpelt und suchte nach den richtigen Worten. „Du hast echt viele Voraussetzungen für einen Lieblingsmenschen. Du kannst verzaubern, wunderbar küssen und singen. Für weitere Entscheidungen bin ich im Moment zu durcheinander. Du weißt ja einiges von mir. Wenn du unbedingt willst, wirst du mich finden."

Paul schaute sie an, schien etwas sagen zu wollen, tat es nicht, sondern zog sich wortlos Helm und Handschuhe an. Er stieg auf seine Maschine, winkte kurz und verschwand im Feierabendverkehr. Marie lehnte sich noch eine Weile an die sonnenwarmen Mauern von Kolumba. Sie schlug irgendwann die Hände vors Gesicht und schüttelte heftig den Kopf. Was war bloß in sie gefahren? Sie war immer die brave, biedere Marie gewesen. Luise hatte ihr im letzten Jahr geraten, im Kaufhof eine halbe Stunde Rolltreppe zu fahren, um sich einmal damit zu konfrontieren, dass Männer sie immer noch bewundernd anschauen. Wie geschockt hatte sie damals auf diesen Vorschlag reagiert! Männer wären kein Thema mehr für sie, so hatte sie lauthals getönt. Und jetzt? Sie hatte sich von einem wildfremden jungen Mann küssen lassen! Und sie hatte es genossen! Heute hatte sie sich als Frau wieder entdeckt. In der Bahn holte Marie ihr Handy heraus, um eine Nachricht an Luise zu schreiben: „Liebste Luise, hast du eigentlich einen Lieblingsmenschen?"

Männlein – Weiblein – Hund – Katze – Maus

Kennst du dich aus?

Wer hat die Gefühle im Gehirn gestapelt?

Was dort alles reingeht! Bruny Fritz

Tomatenliebe

Es war Kirmes in der Stadt. Die Schausteller schimpften über die Hitze, die träge machte. Die Menschen verließen eher für eine Abkühlung im Schwimmbad das Haus, als für eine Fahrt mit dem Kettenkarussell. Umso mehr freuten sich die Pyrotechniker, dass sie nun in lauschiger Sommernacht „Forever Love" inszenieren durften. Unter diesem Motto stand das diesjährige Feuerwerk, zu dem auch Justus eingeladen worden war.

Justus musste sich jedes Mal überwinden, die Großstadt zu verlassen. Zu sehr erinnerten ihn Kleinstädte an seine Jugend, wo er schon als Rebell galt, wenn er Dostojewski lesend auf dem Backsteinmäuerchen nahe der Kirche saß, sich ab und an eine Zigarette drehte und sehnsüchtig dem Postbus hinterher sah, der die nächste Großstadt anfuhr.

Justus' Ziel war heute ein Terrassenhaus, das sich an einen Hügel der Stadt schmiegte. Er war mit vielen Menschen an der Endhaltestelle der S 11 ausgestiegen, doch er hatte es nicht so eilig wie die meisten seiner Mitreisenden. Hätte er einen von denen beschreiben müssen, Justus hätte es nicht gekonnt. Sobald er eine Bahn betreten hatte, begann er in seinem E-Book zu lesen. Blickkontakt mit fremden Menschen war ihm ein Graus. Deswegen hatte er Madlen vor zwei Wochen auch im ICE übersehen; ach was, er hätte sie ja noch nicht einmal wiedererkannt, wenn er aufgesehen hätte. Doch sie sprach ihn an und an ihrer piepsigen Stimme erkannte er sie wieder. Zack! Da hing er schon wieder an ihrem Haken, wie damals, bei der Klassenfahrt, als sie ihn verführt hatte. Nach ihrem Zusammentreffen im ICE hatte sie ihn drei Male angerufen, um ihn einzuladen. Schließlich war ihm keine Ausrede mehr eingefallen. Ja, hartnäckig war sie immer schon, die Madlen. Seine Augen suchten die Fußgängerzone nach einem Blumenladen ab.

Das Terrassenhaus machte an diesem Freitag im August nicht den Anschein, als ob es aus vielen Kubikmetern Beton entstanden sei. Die hängenden Gärten hatten das Grau des Betons unsichtbar gemacht. Der Jahrhundertsommer, von dem die Meteorologen sprachen, hatte wohl die Bewohner dazu gebracht, literweise Blumenerde in den Aufzug zu verfrachten, um anschließend in die Betonkästen der Terrassen, weiße Margeritenbäumchen, glühend-rote Geranien, oder orange-pinke Elfenspiegel zu pflanzen. Als Justus sich dem Haus näherte, konnte er sich kaum dem Augenschmaus, der ihm geboten wurde, entziehen. Seine Nase sog den Duft des Südens ein. Gerüche, die er vom letzten Urlaub auf Mykonos kannte; es erfasste ihn ein Hauch von Melancholie. Unten links, Parterre, schnitt eine Frau Pfefferminze ab.

„Hallo Rosenkavalier! Mögen Sie meine marokkanische Minze probieren? Die ergibt einen köstlichen Tee. Der tut gerade bei dieser Hitze gut."

Die Terrassenbesitzerin schaute Justus offen und leicht grinsend an und hielt ihm dabei die Pfefferminze entgegen.

Justus schnappte nach Luft, verhaspelte sich und rief viel zu laut: „Nein, nein, vielen Dank ...!" Dabei versuchte er noch die Rosen, die er für Madlen gekauft hatte, hinter seinem Körper zu verstecken. Die Frau auf der Terrasse grinste noch mehr. Schnell lief er unter das Vordach, das ihn vor den Blicken dieser aufdringlichen Person schützen konnte und suchte unter den zahlreichen Klingelschildern das von Madlen. Gleich nach seinem Klingeln hörte er Madlens Stimme:

„Hallo Justus, schön, dass du da bist! Fünfte Etage, Tür reeechts!"

Oben angekommen empfing sie ihn schon in der Tür. Madlen war klein und pummelig. Sie trug eine grüne Schürze mit Riesentomaten in allen möglichen Farben, darunter leuchteten ihre roten Jeans hervor. Justus ging einen Schritt zurück, um sie zu betrachten.

„Was ist los, Justus? Willst du nicht hereinkommen?"

Justus versuchte sich als Charmeur: „Oh, ich Trottel, entschuldige bitte, aber du siehst aus wie ein Gesamtkunstwerk, das man mit etwas Abstand besser betrachten kann."

Madlen schaute ihn an, als hätte er den Verstand verloren.

„Ich werde später darüber nachdenken, ob ich das als Kompliment verstehen soll. Komm doch erst einmal herein."

Justus trat in die Diele, verfluchte sich insgeheim dafür, dass er dieser Einladung gefolgt war, und reichte Madlen den Rosenstrauß.

„Hm, hm, welcher Duft!" Madlens kleiner Kopf mit den Strubbelhaaren versank in den Blumen. Und dann auch noch Rosen …! Der Abend fängt ja vielversprechend an."

„Ach, verdammte Scheiße!", dachte Justus.

„Apropos vielversprechend …" Justus bewegte sich schnellen Schrittes Richtung der aufgeschobenen Terrassentür. „Willst du mir nicht einmal deine Terrasse zeigen?"

Madlen lief hinter ihm her. Draußen drehte sich Justus einmal um seine eigene Achse.

„Wow, Madlen, du hast ja ein Paradies erschaffen! Mit dieser Terrasse hier bekommst du von mir die Gärtnerkrone."

Justus erblickte nur Blumen mit weißen Blüten. Sie verhalfen diesem luftigen Platz zu einer besonderen Stimmung; die blaue Stunde bekam durch sie ein eigenes Licht, ganz so, als hätte Madlen Hunderte Lämpchen angeknipst. Madlen präsentierte ihm stolz die teilüberdachte Terrasse. Unter einem Glasdach standen fünf hohe Kübel mit Tomatenpflanzen. Die Pflanzen wurden an gebogenen Metallstangen zur Balustrade geleitet, an der hingen – etwas versteckt durch das lichte Grün der Blätter – Tomaten in allen Farben und Größen. Madlen zog Justus leicht am Arm und deutete auf einen Stehtisch: „Komm lass uns vor dem Essen einen Aperol Spritz trinken, meine Babys stell ich dir später noch vor."

„Babys?", fragte Justus irritiert.

„Ja, wenn die Hormone in Wallung geraten, dann sucht Frau etwas, dem sie ihre ganze Fürsorge widmen kann."

Justus hatte das Gefühl, dass Madlens Blicke provozierender geworden waren. Er lehnte sich an den Stehtisch an und hob das Glas mit dem Aperol Spritz. Doch Madlen war noch nicht fertig.

„In Ermangelung eines Partners gilt meine Fürsorge meinen Tomatenpflanzen", fuhr Madlen fort. „Hast du eine Partnerin?"

„Ne", antwortete Justus.

„Und, willst du auch keine?"

„Liebe Madlen", Justus versuchte einen Themenwechsel, „lass uns erst einmal auf unser Wiedersehen anstoßen. Ich bin immer noch überrascht, dass du mich nach fast zwanzig Jahren wiedererkannt hast."

„Das war nicht schwer, mein Lieber, ich musste doch nur auf den Mann achten, der vollkommen selbstvergessen, alles um sich herum ausblendend, im Abteil sitzt und liest. Das konntest du schon im Schulbus perfekt. Justus lächelte in sich hinein und prostete Madlen zu.

„Es duftet so gut, kann ich dir noch irgendwie beim Abendessen behilflich sein?"

„Das war wohl ein Wink mit dem Zaunpfahl", lachte Madlen und führte Justus zu einem Teakholztisch.

Justus hatte eine Ahnung, die sich dann auch bestätigte: Zu seinem Leidwesen war Madlen Vegetarierin.

Was hätte er jetzt für ein schönes Steak gegeben! Schon beim Aperitif hatte er gehofft, dass Madlen ihm vielleicht einen Gin Tonic statt dieses Mädchengetränks anbieten würde. Jetzt gab es auch noch Mädchenessen! Dennoch war er erstaunt, wie gut ihm dieser Auberginenauflauf schmeckte.

„Köstlich, Madlen, das Rezept musst du mir unbedingt geben!"

Madlen schmunzelte. „Dabei ist Kochen noch nicht einmal meine beste Disziplin …"

Justus traute sich nicht, weiter nachzufragen. Dann machte er den Fehler, den bunten Tomatensalat zu loben. Madlen schnappte sich eine Gabel und stellte ihm die einzelnen Tomaten vor:

„Schau mal, diese blau-rote hier ist die OSU blue. Das ist eine Züchtung der Oregon State University, sehr widerstandsfähig.

Die nächste, die ich hier rauspicke, ist eine Paprikatomate aus Peru. Sie heißt Andenhorn.

Diese rote hier, ist, was den Wuchs angeht, kaum zu bremsen. Gut, dass sie hier an der Balustrade hochranken kann. Ich habe sie ehrlich gesagt nur wegen des Namens gekauft. Sie heißt Schmatzefein.

Ja und jetzt kommt Antho weiß. Das ist eigentlich eine blaue Tomate, die eine weiße Grundfarbe hat, denn …"

Justus gähnte herzhaft.

„Langweile ich dich, Justus?"

„Ich bin Literaturwissenschaftler, Madlen."

„Und ich bin Biologin, Justus. Ich höre jetzt auch sofort auf, aber schau doch, hier gibt es eine, die heißt wie du: Justens Süße, eine zuckersüße Honigtomate, die du …"

Madlen unterbrach die Vorstellung ihrer Tomaten. Justus hatte jemanden erblickt. Er machte einen langen Hals und richtete mit beiden Händen das Gummiband, das seinen Zopf zusammenhielt. Was ist das denn für ein Schnuckelchen, dachte er. Endlich wird es interessant! Madlen drehte sich um und grüßte den Mann auf der Nachbarterrasse. Er winkte kurz zurück und verschwand dann gleich wieder hinter der Trennwand.

„Ach, der Andi." Madlen seufzte versonnen.

„Haste was mit dem?" Justus versuchte, seine Frage ganz beiläufig klingen zu lassen.

„Hm, Justus … Wie soll ich das erklären?"

Justus überlegte, ob er wohl gerade genug Langeweile oder vielmehr Uninteressiertheit in seinen Blick gelegt hatte. In dem Augenblick redete Madlen weiter:

„Andi und ich haben eine ganz spezifische Beziehung."

„Soll ich jetzt raten, oder was?", fragte Justus.

„Neieen! Ich verrat es dir!" Madlens Stimme schaffte es wahrhaftig noch eine Oktave höher.

„Andi und ich sind ein Tanzpaar."

„Wie jetzt? Im Karneval oder so?"

Madlen begann zu lachen. „Eher oder so. Andi und ich haben uns im Frühjahr hier in der Tanzschule angemeldet. Wir tanzen Walzer und Cha-Cha-Cha und solche Sachen.

„Cha-Cha-Cha kann ich auch", platzte es aus Justus heraus.

„Ach", sagte Madlen nur und sie hätte sicher noch mehr zu sagen gehabt, da gab ihr Smartphone ein Signal und sie murmelte: „Sorry, eine WhatsApp!" Sie entschuldigte sich nochmals, tippte schnell etwas ein, stand dann auf und verbeugte sich vor Justus.

„Darf ich bitten."

„Wir haben doch keine Musik!"

„Ist alles hier drin." Madlen hielt ihr Smartphone hoch und dockte es an einem Lautsprecher, der auf dem Tisch stand, an.

„Was hältst du denn von diesem Song?", fragte sie.

Justus lauschte gespannt. Es erklang wahrhaftig ein Cha-Cha-Cha und zwar mit deutschem Text.

„Es ist so heiß hier, so unbeschreiblich heiß, noch heißer als im letzten Jahr, soweit ich weiß."

„Bis hierhin alles korrekt", meinte Justus, machte aber keine Anstalten aufzustehen. „Was ist das denn für eine Boygroup, die da singt?"

Madlen stand vor ihm und bewegte ihre Hüften so heftig, als sei sie im Hula-Hoop Training.

„Das sind die Wise Guys", klärte sie ihn auf und geriet schon ein wenig außer Atem.

„Eine Affenhitze und so tierisch schwül, und wenn ich dich in deinem Kleid seh', wird mir auch nicht gerade kühl."

Blitzschnell hatte Justus das Smartphone von der Dockstation gezogen.

„Madlen, sorry, ich sehe dich in Jeans und einer drolligen Schürze. Wenn du vielleicht ein Kleid anziehen würdest ..."

Madlen schaute an sich herunter.

„Mann Justus, ich hätte nicht gedacht, dass du dich als Sexist entpuppst."

„Tut mir leid, ich meine es ernst.".

Sie hob beschwichtigend beide Handflächen hoch und eilte seufzend in ihr Schlafzimmer. Justus schaute ihr nach und dachte: sie wollen spielen, aber immer nur unter ihren Bedingungen.

Madlen kam aus dem Schlafzimmer. Sie trug ein geblümtes, braves Sommerkleid und ihre Tanzschuhe. Sie näherte sich leichtfüßig dem Tisch, an dem Justus saß, deutete einen Knicks an und Justus stand auf, wissend, dass er aus dieser Nummer nun nicht mehr herauskäme.

Wir tanzen Cha-Cha-Cha aufm Dach und machen jede Menge Krach um kurz nach Mitternacht ...

Jemand klingelte Sturm. Madlen tänzelte im Cha-Cha-Schritt zur Korridortür und riss sie mit Schwung auf. Justus hörte erst Geschrei, dann Gelächter, dann den Refrain, nicht gesungen, sondern gegrölt:

„Wir tanzen Cha-Cha-Cha aufm Dach ..."

Die Pfefferminztante und Andi standen vor ihm.

„Da ist ja mein Rosenkavalier. Hallo, ich bin die Mona."

Justus wünschte sich nach Hause! Normalerweise hätte er sich jetzt verabschiedet. Was wollte die denn hier? Aber das Schnuckelchen stand ja auch noch da. Andi stellte sich mit einem knappen Kopfnicken vor und starrte ihn unverhohlen an. Dann ließ Andi Madlen ein Seitwärts-Chassé tanzen und machte sie darauf aufmerksam, dass bald die Feuerwerker die Musikregie übernehmen würden. Mona riss das Smartphone von der Dockstation, zeigte auf ihn, der stocksteif vor ihnen stand, und meinte nur:

„Kinders, ihr macht den Ärmsten ja noch ganz wuschig. Wer will denn jetzt mal was Richtiges zu trinken haben? Ich habe Gin mitgebracht."

Justus bot sich an, ein paar Cocktails zu mixen, alle stimmten zu und Madlen zeigte ihm in der Küche sämtliche Utensilien, die er dazu benötigte. Plötzlich stand Andi hinter ihm und fragte, ob der Barkeeper einen Assistenten bräuchte. Andi befüllte den Shaker, trällerte irgendeine Melodie, nahm Schwung für eine Pirouette und blieb dann genau vor ihm stehen.

„Ich habe dich vorhin in der S 11 gesehen."

„Ja, da habe ich drin gesessen."

„Ich habe dich auch schon im Café Central gesehen."

„Interessant", sagte Justus und platzierte die Cocktails auf einem Tablett mit englischen Gartenmotiven. Damit wollte er auf die Terrasse gehen, doch Andi stellte sich ihm blitzschnell in den Weg.

„Ist der Herr vielleicht ein Geheimniskrämer?"

„Nein, alles im grünen Bereich."

Feixend ließ Andi Justus auf die Terrasse treten, zog leicht an dessen Zopf und flüsterte ihm von hinten ins Ohr: „Dann wird es ja doch noch ein schöner Abend."

Justus lachte, drehte sich kurz zu Andi um und sagte: „Schätze mal, du musst dich vorher noch mit Madlen duellieren."

„Ach, spielst du auf beiden Plätzen?"

Justus grinste vielsagend, setzte das Tablett mit den Getränken ab, hob ein Glas und rief: „Wenn die Damen vielleicht einmal probieren möchten?"

Er servierte Mona und Madlen, die an der Terrassenbrüstung standen ihre Cocktails und gesellte sich zu ihnen. Andi drohte Madlen schelmisch mit dem Finger und fragte, warum sie ihm Justus bislang vorenthalten hätte. Justus grinste in sich hinein. Langsam gefiel ihm der Abend.

Er hatte das Gefühl, dass Madlen immer noch nicht durchblickte, so wie sie da stand, von einem zum anderen schaute und sich auf die Unterlippe biss.

Mona fischte aus einem Weidenkörbchen eine Tomate, ließ sie in ihrem Mund verschwinden, schaute Justus tief in die Augen und sagte an Madlen gerichtet:

„Wir haben eben über deine Tomatenliebe gesprochen. Schätze mal, dass Andi Justens Süßer wird."

Madlen war geschockt über Monas Vergleich. Sie verschluckte sich, prustete dabei den Rest des Cocktails wie eine Fontäne auf Monas üppiges Dekolleté.

„Jetzt wird die Angelegenheit auch noch klebrig."

Mona nahm es mit Galgenhumor. Sie wischte sich mit einem Taschentuch ab und nahm Madlen in die Arme. Mit einem Krachen erschien ein überdimensional großes rotes Herz am Himmel. Ungläubig musterte Madlen ihren alten Schulkameraden von oben bis unten, schüttelte den Kopf und stammelte dann, während strahlend weiße Sterne vom Himmel fielen: „Aber Justus ist doch nicht …, wir haben doch schon miteinander …, klär das doch mal auf, Justus!"

„Wir wollen Aufklärung, wir wollen Aufklärung", schrie Andi und sprang mit einem Satz auf die Terrassenmauer.

Die Feuerwerker boten alles auf, um den Höhepunkt am nächtlichen Himmel vorzubereiten. Justus holte sein Handy heraus. Dann zeigte er allen das Foto eines jungen Mädchens.

„Das ist Cleo, meine fünfzehnjährige Tochter. Ich habe einen guten Kontakt zu ihr. Auch sie musste lernen, dass es keine Schublade sexueller Orientierung gibt, in die ihr Vater passt. Das reicht jetzt als Erklärung, oder?"

„Mir reicht's", sagte Andi, sprang von der Terrassenmauer, landete in Justus' Armen und gab ihm einen Kuss auf den Mund. Justus gefiel das sehr.

„Ich mag Männer, die mit der Tür ins Haus fallen", flüsterte er, als er Andis Kuss erwiderte.

Madlen stand mit hängenden Schultern verloren da. Sie schaute Mona an, als ob die ihr helfen könnte, zu verstehen. Mona hatte sich eine Zigarette angezündet, blies den Rauch in Kringeln in den von Qualm geschwängerten Himmel, grinste Madlen spöttisch an und fragte: „Wo ist das Problem?"

„Tja, wo ist das Problem? Schätze mal, dass ich kein so entspannter Single bin wie du, und ständig einen Mann suche, der – ja, lacht mich ruhig aus – einfach normal ist." Justus hatte plötzlich das Gefühl, Madlen trösten zu müssen.

„Darf ich?", fragte er, als er seinen Arm um Madlen legte und überlegte, was er ihr Nettes sagen könnte. Andi kam ihm zuvor. Er stellte sich vor Madlen hin, hatte seine Arme um sich geschlungen, als umarme er sich selbst.

„Weißt du Madlen, in den Zeiten, in denen ich alleine bin, habe ich immer den Satz einer Freundin im Ohr: Versuche es doch erst einmal mit dir selbst, du bist doch auch ganz nett."

Von diesem Abend auf Madlens Terrasse gibt es zahlreiche Fotos. Doch eines hängt bei Madlen im Flur. Da stehen Justus, Andi, Mona und Madlen lachend vor der Tomatenpracht und umarmen sich selbst.

Selbstporträt geträumt

Mit spitzen Messern

mich getroffen

Mutterarme baumeln wie Pendel

Mir egal　　　　　　　　Bruny Fritz

Die schwarzen Männer

Gerlinde blickte auf Mutters Hand. Die blauen Adern. Irgendwie ekelhaft. Mit der Zuckerzange in der zittrigen Hand versuchte Mutter, ein Stück Zucker aus dem Schälchen zu greifen. Dabei stieß sie mit der Zange an das Porzellan. Tick, tick, tick.
„Du weißt doch, dass ich keinen Zucker nehme."
„Es täte dir aber gut."
Gerlinde schloss die Augen.
„Warum, um Himmels willen, sollte mir Zucker guttun?"
Mutter setzte das Zuckerschälchen ab, strich mit der Hand über das Tischtuch und nahm dann einen Schluck vom Filterkaffee.
„Weil du ein Gerippe bist."
„Schreibe es doch an die Wand: Gerlinde ist ein Gerippe."
Mutter musterte sie so, dass Gerlinde wusste, dass nun der erste Tadel fällig war.
„Wie sarkastisch du bist. Wäre heute nicht dein Geburtstag, würde ich dich bitten, dein Zimmer aufzusuchen."

Gerlinde schloss erneut die Augen.

„Für mich gibt es übrigens nichts Dekadenteres als eine Zuckerzange."

„Gerlinde, du bist fünfundvierzig Jahre alt, du bist mit dieser Zuckerzange groß geworden. Und auf einmal soll sie dekadent sein?"

„Sie ist dekadent!"

„Haben dir das die schwarzen Männer eingeredet."

„Ah, dein Lieblingsthema."

„Du vergisst, dass du im öffentlichen Leben stehst. Du möchtest doch sicher, dass die Menschen weiter in deine Buchhandlung kommen. Dir mag das vielleicht entgangen sein, aber die Leute reden schon über uns."

„Mutter, bitte! Was hat meine Buchhandlung damit zu tun, dass ich ehrenamtlich Deutschunterricht gebe?"

Gerlinde stand auf, um den Tisch abzuräumen. Sie brachte das Geschirr in die Küche, packte den restlichen Kuchen ein und stellte ihn in den Kühlschrank. Dabei fiel ihr Blick auf eine Flasche Champagner. Sie ging zurück und blieb in der Wohnzimmertür stehen. Mutter bearbeitete die Tischdecke mit der Krümelrolle. Sie schien nicht bemerkt zu haben, dass Gerlinde in der Tür stand, denn sie rief:

„Lieber Gott, sag mir, was habe ich falsch gemacht mit ihr. Habe ich nicht alles getan für dieses Menschenkind!"

„Na, was antwortet denn der liebe Gott?"

Gerade als Mutter einen tiefen Seufzer tat, erklang die Türglocke.

Gerlinde nahm sich die Zeit, in den Flurspiegel zu schauen. Sie hatte ihre grau gesträhnten Haare wie immer zusammengebunden. Mit einer schnellen Handbewegung griff sie sich ins Kleid, um ihren BH in den richtigen Sitz zu bringen und öffnete dann mit Schwung die Korridortür. Im gleichen Moment dröhnte in wahnwitziger Lautstärke Stevie Wonders *Happy Birthday,* durch das Treppenhaus. Tafari! Auf seiner Schulter trug er einen Ghettoblaster, im Arm hielt er einen Strauß Löwenmäulchen.

„Hetzliche Glückwunsch, Lindi. Viele Grüße auch von die andere der Gruppe."

Gerlinde hörte, wie sich von einigen Wohnungen die Türen öffneten. Sie wusste welche Hausbewohner die Neugier ins Treppenhaus trieb, um zu sehen, was bei ihnen in der Dachwohnung gerade vor sich ging. Sie zeigte auf den Ghettoblaster.

„Bitte mach die Musik aus!"

Tafari beugte sich über das Treppengeländer und rief: „Tschuldigung wegen laute Musik. Lindi hat Geburtstag."

„Komm herein, komm bloß herein!"

Gerlinde packte Tafari an der Schulter, zerrte ihn in die Wohnung und zog die Tür heftig zu. Da stand er vor ihr, in seinem bunten Jogginganzug aus Ballonseide und einer gehäkelten Mütze auf dem Kopf und dem schönsten Lächeln, das sie je von einem Mann erhalten hatte.

„Oh Mann, Tafari, du bist immer für eine Überraschung gut. Hab herzlichen Dank für diese wunderschönen Blumen."

„Und jetzt?", fragte Tafari.

Er zuckte erschrocken zusammen, als er eine barsche Stimme vernahm.

„Und jetzt werden Sie schleunigst meine Wohnung verlassen."

Breitbeinig wie ein Feldherr, der sein Land verteidigt, stand Mutter vor dem Eingang zum Wohnzimmer. Einige der weißen, hochgesteckten Haare hatten sich gelöst und hingen wirr herunter, hektische rote Flecken krochen an ihrem Hals empor.

„Mutter, darf ich dir Tafari vorstellen. Er kommt aus Eritrea. Er ist einer der sechs Männer, denen ich Deutschunterricht gebe."

Gerlinde hielt den Blumenstrauß in einem Arm, mit dem anderen schob sie Tafari vor ihre Mutter. Tafari verbeugte sich kurz und reichte Mutter seine Hand. Mutter wich einen Schritt zurück, nahm die Hand nicht an, schaute stattdessen auf Tafaris Füße. „Schuhe ausziehen!"

Tafari stellte seine Turnschuhe an die Garderobe.

Ein kurzer Blick auf seine Socken ließ Gerlinde aufatmen.

Mutters Zeigefinger fuhr aus. „Hände waschen!"

„Wo, wo, liebe Frau?"

Wortlos öffnete Gerlinde die Tür zur Gästetoilette, zog Tafari hinein und verriegelte sie dann schnell. Tafari stand dicht vor ihr. Er drehte die Augen nach oben.

„Immer, immer ist alles falsch, was ich machen."

„Tafari, es tut mir unendlich leid, wie meine Mutter dich behandelt. Dabei bin ich so glücklich über deinen Besuch."

Mutter hatte begonnen, die verschlossene Tür mit ihren Fäusten zu bearbeiten.

„So einfach bekommen Sie meine Tochter nicht. Das haben Sie sich wohl schön ausgedacht, doch meine Tochter wird Sie niemals heiraten."

Gerlinde streichelte Tafaris Hand. Schnell nahm Tafari sie hinter den Rücken.

Gerlinde küsste ihren Zeigefinger und bewegte ihn Richtung Tafaris Lippen.

„Lindi, ist nicht gut, wenn du glücklich über mein Besuch. Ist nicht gut, wenn du viel Liebe gibst zu mir. Einfach freuen ist besser."

Gerlinde liefen Tränen über das Gesicht. Sie wischte sie mit einer raschen Handbewegung fort und schluckte den Rest an Traurigkeit hinunter.

„Okay, Tafari. Ich freue mich über deinen Besuch. Was meinst du, würden mir deine Leute beim Umzug helfen? Ich habe heute Bescheid bekommen, dass ich die Wohnung über der Buchhandlung bekommen kann."

„Klar, Lindi, wir immer helfen."

Sie entriegelten die Tür.

„Sie denken was Falsches", rief Tafari in Richtung Wohnzimmer. „Ich liebe Lindi nicht, sie gibt Unterricht, ich nur dankbar."

Die beiden betraten zusammen das Zimmer. Mutter starrte aus dem Fenster.

„Siehst du, Mutter, was soll die Aufregung. Was können wir gegen einen Besuch aus Dankbarkeit haben. Du hast den Champagner kalt gestellt. Ich werde jetzt mit Tafari in meinem Zimmer auf meinen Geburtstag und meine erste eigene Wohnung anstoßen."

Gerlinde wartete nicht auf Mutters Reaktion. Sie packte Tafari am Arm und zog ihn mit sich. Alsbald hörte man aus ihrem Zimmer wieder ein fröhliches *„Happy birthday, happy birthday …"*

Mutter drehte sich ganz langsam um, öffnete den Mund, ließ ihn wieder zufallen, klammerte sich an ihren Sessel und flüsterte immer wieder: „Hilfe, Hilfe, große Not …"

Wie schön sie ist!

Gisela drückt die Korridortür ins Schloss. Sie schließt zwei Male um und sichert anschließend den Querriegel. Während sie ihren Mantel an der Flurgarderobe aufhängt, schaut sie in den Spiegel. Sie ist zufrieden mit sich. Es schaut sie eine gepflegte Mittfünfzigerin an. Ihre kurzen, blond gesträhnten Haare liegen dort, wo sie hingehören. Das dezent gestreifte Hemdblusenkleid unterstreicht ihren sportlich-eleganten Typ. Gisela arbeitet seit beinahe dreißig Jahren in der Wäscheabteilung des größten Kaufhauses der Stadt. Ihr Mann ist Büroleiter in einem Notariat. Sie sind finanziell abgesichert. Eigentlich könnte sie zufrieden und glücklich sein. Wenn da nicht der Kummer mit ihrer Tochter wäre; ihrem einzigen Kind.

Gisela brüht Kaffee auf. Das Abendessen hat sie schon am Morgen vorbereitet. Besuch, der spontan vorbeikäme, würde aufgeräumte Zimmer vorfinden. Sie ist froh, dass sie nur von zehn bis fünfzehn Uhr arbeitet, so kann sie ihre Hausfrauenpflichten ausreichend wahrnehmen. Sie lässt sich seufzend auf ihr champagnerfarbenes Sofa fallen, dessen Sitzfläche durch eine gleichfarbige Vliesdecke geschützt wird. Auf dem Glastisch vor ihr liegen Fotos von ihren Enkeln, dreijährigen Zwillingen. Ihre Tochter wohnt mit ihrer Familie nur zwölf Kilometer entfernt; schickt aber die Bilder mit der Post! Gisela nimmt ein Fotoalbum aus dem Regal und klebt die neuen Aufnahmen ein. Dabei entdeckt sie ein Foto, das ihre Tochter zeigt. Wie schön sie ist!

„Auch äußerlich hat sie nichts mit mir gemein", klagt Gisela laut in die Stille des Zimmers hinein, um sich dann wieder stumm ihrem Kummer hinzugeben. Gisela ist ein eher hagerer Typ, ihre Tochter dagegen ist von barocker Schönheit. Wegen ihrer sinnlichen Ausstrahlung wurde sie in der Schule „Die Loren" genannt. Gisela war es immer ein Dorn im Auge gewesen, dass ihre Tochter die körperlichen Merkmale ihrer liederlichen Oma – Giselas Mutter – geerbt hatte. Als sie in die Pubertät kam, mussten die Zügel angezogen werden, da irgendwelche Jüngelchen ständig um sie herumscharwenzelten. Ihr Mann hätte sich am liebsten ein Gewehr gekauft. Ihre Tochter kümmerte sich nicht um die Avancen der jungen Männer, sondern lernte zielstrebig weiter. Allerdings begann zu diesem Zeitpunkt auch die Entfremdung zwischen ihr und der Tochter. Sie benahm sich wie eine der vielen Gastschülerinnen, die sie beherbergten: freundlich, aber unnahbar. Gisela denkt an die Töchter, die mit ihren Müttern zu ihr in die Wäscheabteilung kommen. Wie sie sich gegenseitig Dessous in die Umkleidekabine reichen, sich bei der Anprobe helfen; manchmal kann sie Mutter und Tochter kichern hören. Nach ihren Einkäufen gehen beide vielleicht noch eingehakt bummeln, um dann in einem Café den gemeinsamen Nachmittag zu beschließen. Ihr bleibt nur davon zu träumen, dies mit ihrer Tochter ebenfalls zu erleben. Was hat sie bloß falsch gemacht, dass ihre Tochter so kalt zu ihr ist? Tränen laufen Gisela die Wangen hinunter, erst, wenn sie ihren Hals erreicht haben und den

Kragen ihres Kleides benetzen, trocknet sie mit ihrem Stofftaschentuch ihr Gesicht.

In die Stille des Wohnzimmers, in das nur ganz entfernt Verkehrslärm durch die Dreifachverglasung dringt, drängelt sich plötzlich eine Melodie: *Tränen lügen nicht*. Gisela seufzt. Nie war mein Klingelton passender, denkt sie, und schaut bevor sie sich mit einem knappen „Hallo" meldet, auf das signierte Portrait von Michael Holm, das über ihrem Sekretär hängt.

„Elisabeth! Lieb, dass du anrufst! Wir haben dich auf dem Klassentreffen letzte Woche vermisst."

„Ich war bei meiner Tochter in Boston. Sie lässt auch deine Tochter herzlich grüßen."

„Danke, werde ich ihr ausrichten, wenn ich sie dann irgendwann sehe."

„Oh, ihr seht euch immer noch so selten?"

„Ach Elisabeth, ich habe bislang wenig darüber gesprochen. Das ist ein weites Feld; unsere Mutter-Tochter-Beziehung macht mich sehr traurig. Sicher, andere meinen, ich müsste zufrieden sein, sie hat einen Mann und zwei gesunde Kinder und eine schöne Wohnung, aber sie lebt ja komplett anders, als ich es ihr vorgelebt habe. Nehmen wir nur einmal die Sauberkeit: Es ist jetzt nicht so, dass sie offensichtlich schmutzig ist, aber irgendwie auch nicht wie bei mir, wo alles tipptopp ist. Da ist mir also beim letzten Besuch passiert – du kannst es mir glauben, vollkommen unbewusst –, dass ich so mal eben mit der Hand über den Stuhl gewischt habe. Mein Gott, hat sie sich da wieder aufgeregt! Dann ging es wieder los mit dem Psychologisieren: Auch, wenn ich es unbewusst getan hätte, wäre es wie eine Ohrfeige für sie, und so weiter und so fort. Ich habe mich dann von ihr aus der Reserve locken lassen und gesagt, dass es nun mal Fakt wäre, dass sie nicht so viel putzt wie ich. Daraufhin konterte sie, dass Putzen ihr Leben noch nie glücklicher gemacht hätte. Stell dir das mal vor! Als ob es darum ginge. So enden alle unsere Gespräche. Einmal war ich so verzweifelt, dass ich, als sie mich nach einem Geburtstagswunsch fragte, geantwortet habe, dass ich mir nur einmal für einen Tag wünschte, sie sei normal. Da hat sie mich ganz groß angeschaut und mit einem Seufzer ausgerufen: ‚Mutti, weißt du denn was normal ist?' Am liebsten hätte ich gerufen: ‚Na, so wie ich lebe, das ist normal!' Aber das habe ich mich dann nicht mehr getraut. Ich habe mir das eben anders vorgestellt, Mutter einer Tochter zu sein. Dass man auf einer Wellenlänge liegt, mehr so wie Freundinnen. Aber sie muss ja Geld verdienen, hat kaum Zeit für mich, weil sie ihren Mann und die Kinder durchbringen muss. Gut, er geht auch arbeiten, aber was bringt er schon nach Hause, halbtags als Webdesigner …

Das war für uns alle ein Schock, als sie mit dem ankam. Eine Juristin heiratet einen zehn Jahre jüngeren Habenichts aus Rumänien. Sicher, er soll wohl gebildet sein, er ist auch immer sehr höflich zu uns, doch alles, was er hat, verdankt er unserer Tochter. Das ist doch verkehrte Welt! Sie hätte so tolle Männer haben können! Nein, sie reiste, fuhr um die halbe Welt, wollte sie auch ständig retten, in allen möglichen Gutmensch-Projekten musste sie ja mitmachen, bis sie Torschlusspanik bekam und diesen Mann anschleppte. Wenn ich ehrlich bin, bereue ich es, dass wir so viel in ihre Ausbildung investiert haben. Dadurch hat sie sich vor allen Dingen von mir entfremdet. Im Studium gehörten auch Medizinstudenten zu ihrem Freundeskreis, da war ich schon voller Hoffnung, dass sie einen von denen heiraten würde. Na ja" …

„Da hat sich ja bei dir eine Menge Frust angesammelt. Was macht deine Tochter denn beruflich?"

„Du, ich kann dir das gar nicht mal richtig sagen. Sie ist ja noch nicht mal Beamtin bei Gericht oder so. Sie macht irgendetwas bei Unicef. Mein Mann gibt immer mit seiner Tochter an, der ist richtig stolz auf sie. Wenn ich seine Prahlerei nicht mehr hören kann, frage ich, wer ihn im Alter pflegen soll? Von mir wurde wie selbstverständlich erwartet, dass ich meine Schwiegermutter pflege. Meinetwegen kann ihm der Rumäne den Arsch abputzen! Ach, es tut richtig gut, sich mal auszusprechen. Was macht denn deine Tochter eigentlich in Boston?"

„Die promoviert dort in Physik."

„Was? Die promoviert in Physik? Du Ärmste!!!"

Dass alles so bleibt

Der Arzt starrte auf den Monitor; sein tiefer Seufzer erinnerte Udo an Säbelrasseln. Er fuhr hektisch mit der Maus über das Pad und blickte dann konzentriert auf die Werte, die das Labor ihm zugesandt hatte. Dann begann er zu husten. Udo war es unangenehm, ihm dabei zuhören zu müssen. Er blickte durch das Fenster auf den Krankenhausparkplatz und suchte sein Auto. Da stand er, sein geliebter Oldtimer. Picobello sah der aus! Gleich, wenn er diesen Termin hinter sich gebracht hätte, würde er sich mit zwei Bekannten in dem schönen Café an der Rheinfähre treffen, um das Wochenende einzuläuten. Als ehemaliger Konditor wusste er gute Torten noch immer zu schätzen. Der Arzt hatte aufgehört zu husten, wenngleich er seine gefalteten Hände vor dem Mund behielt. Udo hörte ihn flüstern; ein Medizinergebet? Er verstand nur ein Wort: Katastrophe.
Mit einem Schwung drehte der Arzt sich und den Monitor zu Udo hin, nahm seine Brille ab, fischte ein Brillenputztuch aus einer kleinen Schale und begann seine Brille zu säubern.
„Lieber Herr Findeisen", begann er, „Sie sind jetzt sechzig Jahre alt, Sie werden nicht mehr viele Jahre haben, wenn Sie Ihr Leben nicht endlich ändern."
Der Arzt putzte weiter seine Brille, ohne aufzuschauen.
„Wie? Äh ... ändern?", stammelte Udo. „Wie soll ich mit sechzig noch mein Leben ändern?"

„Aber Herr Findeisen …!" Jetzt schaute der Arzt ihn an. Irgendwie fassungslos. Er schien nach Worten zu suchen.

Veränderungen hatte Udo schon als Kind gehasst. Mit zehn Jahren eröffnete er seiner Mutter, dass er nicht vorhabe, zu heiraten und dass er immer bei ihr und der Großmutter wohnen bleiben werde. Der Mutter war es recht. Der Vater war gestorben, als Udo gerade zwei Jahre alt war.

„Da haben wir wenigstens einen Mann im Haus", war ihr einziger Kommentar.

Udo wuchs mit den Jahren nicht nur in die Höhe, sondern aufgrund der hervorragenden Kochkenntnisse von Mutter und Großmutter und seiner unbändigen Probierlust ebenso in die Breite. Als er die Mittelschule beendet hatte, maß er einen Meter achtundneunzig und wog hundertfünfzig Kilogramm.

Der Arzt räusperte sich.

„Herr Findeisen, wir haben doch schon darüber gesprochen: Ernährungsberatung, Bewegungsberatung, Lebensberatung."

„Ich lebe sehr gerne", traute sich Udo anzumerken.

„Aber nicht mehr lange!" Verzweiflung lag in seiner Stimme. Udo wunderte sich, dass dem Arzt sein Schicksal anscheinend mehr unter die Haut ging als ihm selber. Und dann wies der Mediziner auf den Monitor: „Herr Findeisen, um es einmal klar auszusprechen, hier steht Ihr Todesurteil."

Gleichzeitig drückte er einen Knopf der Telefonanlage und bat Frau Mallmann hinein. Udo fühlte sich überrumpelt. Er hatte das Wort Todesurteil noch im Ohr, da stand diese Frau im Raum und strahlte ihn an. Ehe er seine Überraschung in Worte fassen konnte, hörte er, dass der Arzt ihr seinen Sessel anbot und ihn mit ihr alleine ließ.

„Marlene ...", stammelte Udo.

„Würde sicher gut zu Mallmann passen", meinte die Frau lächelnd.

„Meine Eltern haben sich aber für Birgit entschieden. Darf ich mich kurz vorstellen, Herr Findeisen: Ich bin die Psychologin hier an der Klinik."

Sie hielt ihm ihre Hand zum Gruß hin. Udo reichte ihr nur widerstrebend seine feuchte Rechte.

„Darf ich fragen, wer diese Marlene ist?"

„So hieß eine – sagen wir – eine frühere Bekannte von mir."

„Und ich sehe anscheinend so aus wie Ihre Bekannte."

Udo nickte nur. Frau Mallmann ließ nicht locker.

„Und wie geht es Ihnen damit?"

Udo blickte zuerst auf seine Armbanduhr und dann hinaus zu seinem Auto.

„Ich habe gleich einen Termin."

Frau Mallmann schaute ihn gleichbleibend freundlich an.

„Herr Findeisen, entspannen Sie sich. Schenken Sie uns noch eine halbe Stunde für dieses wichtige Gespräch. Natürlich können Sie gerne erst noch telefonieren."

Wie hypnotisiert holte Udo sein Handy aus der Innentasche seiner Windbluse, tippte auf einen Kontakt und teilte seinem Freund dann kurz und knapp mit, dass er eine halbe Stunde später kommen würde. Auf neugierige Nachfragen ließ er sich nicht ein.
„Ich wäre dann soweit." Udo traute sich jetzt, Frau Mallmann in die Augen zu schauen. Ihre Augen lächelten ihn an. Die kleinen Fältchen drum herum zeigten, dass sie wohl häufig lachte.
„Herr Findeisen, meine Aufgabe ist es, Sie bei der Erreichung Ihrer Ziele zu unterstützen."
„Ich habe keine Ziele."
„Sondern …?"
„Ich will, dass alles so bleibt."
„Okay, sogar dabei würde ich Sie unterstützen. Leider haben sich Ihre Werte im letzten halben Jahr rapide verschlechtert. Sie haben also – trotz besseren Wissens – dafür gesorgt, dass nicht alles so bleibt."
Udo schnappte nach Luft. Er musste an sein letztes Einstellungsgespräch denken, als er sich nach einer Umschulungsmaßnahme bei der Lebensmittelüberwachung des Kreises beworben hatte. Die waren ebenso streng mit ihm umgegangen.
„Bin ich zu streng mit Ihnen?", fragte Frau Mallmann im gleichen Moment. Udo fühlte sich ertappt; er lächelte gequält.
„Nun ja", begann er, „ich führe nicht oft solche Gespräche. Mutter und Großmutter haben mich ganz selten einmal ermahnt. Alles was ich getan habe, war gut so. Da wurde nicht gemäkelt."

„Herr Findeisen, bevor ich Ihnen eine etwas angenehmere, aber leicht verrückte Frage stelle, möchte ich Sie daran erinnern, dass Sie sechzig Jahre alt sind und damit für sich selbst verantwortlich. Auch, wenn der Sohn und Enkel in Ihnen sich nach dem früheren Wattebäuschchenland sehnen mag."

Udo hatte noch nie von diesem Wattebäuschchenland gehört. Er sehnte sich nach einer Zigarette. Das Überlegen fiel ihm beim Rauchen leichter. Er brauchte eine Taktik, die ihm den Umgang mit dieser Frau erleichterte. Gleichzeitig war er neugierig auf die verrückte Frage. Deswegen zeigte er sich kooperativ, nickte heftig und antwortete:

„Sie haben ja Recht. Ich will auch Verantwortung für mein Handeln übernehmen. Aber jetzt stellen Sie doch erst einmal Ihre verrückte Frage."

„Mach ich gern. Gesetzt den Fall, Sie glaubten an Wunder und in der kommenden Nacht würde eine Fee Ihnen drei Wunder genehmigen. Woran würden Sie morgen merken, dass diese Wunder eingetroffen sind?"

Udo musste grinsen. Jetzt wurde die gute Frau Mallmann aber ein wenig kindisch.

„Ich glaube nicht an Wunder. Doch wenn es Sie glücklich macht, beantworte ich Ihnen diese Frage."

Frau Mallmann nickte ihm aufmunternd zu.

„Als Erstes könnte ich wunderbar Tango Argentino und Samba und solche Sachen tanzen."

Udo gluckste ein wenig vor Freude, nachdem er den ersten seiner geheimen Wünsche öffentlich gemacht hatte.

„Dann hätte ich fünfzig Kilogramm abgenommen, ohne dass ich hätte hungern müssen. Als Letztes wüsste ich, was Marlene so treibt."

Udo schaute Frau Mallmann so erwartungsvoll an, als müsse sie vor Begeisterung ein Heiligenbildchen herausrücken. Stattdessen zog sie beide Augenbrauen hoch, hielt ihren Kopf schräg, spitzte ihren Mund und fragte: „Wann kommt das Wunder?"

„Ich habe Ihnen eben drei genannt."

Frau Mallmann wühlte in ihrer Tasche und holte ein Tablet heraus. Sie tippte etwas ein, fragte Udo, ob er ihr den Nachnamen von Marlene nennen könne und was sie beruflich gemacht hatte.

„Sie war Gerichtsvollzieherin in Bonn. Ihr Nachname war Kranz. Sie wohnt aber nicht mehr in Bonn."

Frau Mallmann drehte nach wenigen Sekunden mit den Worten „Wer sagt es denn!" das Tablet in Richtung Udo.

Die Suchmaschine zeigte eine Gerichtsvollzieherin Marlene Kranz an, die in Siegen lebte.

„Das wird sie wohl sein."

Frau Mallmann fiel es offensichtlich schwer, ihr Triumphgefühl aus der Stimme zu nehmen.

Udo fehlten die Worte.

„Halten wir uns nicht lange damit auf, kommen wir nun zum sogenannten zweiten Wunder."

Sie tippte wieder etwas ein, schob Udo das Tablet hin und präsentierte ihm zahlreiche Samba- und Tango-Argentino-Kurse.

„Es gibt auch Einzelunterricht und sogar Ferienkurse. Wenn Ihre Sehnsucht wirklich dahin geht, wird es wohl nicht an ein Wunder grenzen, Sie zu einem halbwegs passablen Tangotänzer zu machen."

„Ich frage mich gerade, warum Sie nicht Verkäuferin geworden sind."

Frau Mallmann schmunzelte.

„Was ihr drittes Wunder angeht, Herr Findeisen, frage ich mich erst einmal, wer Ihnen erzählt hat, dass Sie hungern müssen, wenn Sie abnehmen wollen."

„Von nix kommt nix, sagt man doch so schön."

„Unser Doc hat Ihnen vor einem halben Jahr schon eine Magenverkleinerung vorgeschlagen. Danach würde Sie unser Ökotrophologe Herr Asmussen bei der Ernährungsumstellung unterstützen. Sie sehen, wir brauchen gar keine Fee!

„Sie nicht Frau Mallmann, aber ich! Die Fee tut nämlich etwas für mich, wenn ich schlafe. Doch bei Ihren Vorschlägen muss ich ja selber aktiv werden."

„Und das lohnt sich nicht mehr für Sie?"

Udo zuckte mit den Schultern.

„Vielleicht haben Sie Recht, vielleicht lohnt es sich wirklich nicht mehr für Sie. Sechzig Jahre ist ja auch ein schönes Alter."

Frau Mallmann erhob sich und verstaute das Tablet in ihrer Tasche.

Udo wollte seinen Ohren nicht trauen. Hatte die Psychologin das jetzt ernsthaft gemeint, dass es nicht so schlimm wäre, wenn er bald sterben würde? Er schaute sie entgeistert an, suchte nach Worten. Doch Frau Mallmann beschäftigte sich mit ihrer Tasche.

„Ich weiß nicht, wieso mir gerade jetzt ein Song von den Toten Hosen einfällt", sagte sie, ohne Udo anzublicken.

Frau Mallmann ging zum Fenster und schaute hinaus.

Udo hatte ein einziges Mal in seinem Leben ein Theaterstück gesehen. Plötzlich erinnerte er sich daran. Er hatte das Gefühl, er säße wieder in einem Theater; nur, dass er dieses Mal Teil des Stückes war. Udo öffnete seinen obersten Hemdenknopf und lehnte sich in seinen Stuhl. Da war plötzlich so eine Beklemmung, so eine Anspannung in ihm. Frau Mallmann begann:

„Jeden Tag stirbt ein Teil von dir,
jeden Tag schwindet deine Zeit,
jeden Tag ein Tag, den du verlierst,
nichts bleibt für die Ewigkeit."

Sie verstummte und schaute weiterhin aus dem Fenster.

Udo erhob sich ächzend und schniefend, fischte ein Stofftaschentuch aus seiner Hosentasche und schnäuzte sich lautstark. Frau Mallmann drehte sich vom Fenster weg und suchte Udos Blick. Udo schnappte nach Luft; er fühlte sich herausgefordert.

„Meinen Sie wirklich, dass sechzig ein gutes Alter zum Sterben ist? Ich hätte nicht gedacht, dass Sie bei mir so schnell aufgeben."

„Ich habe Sie aufgegeben, Herr Findeisen? Haben Sie wirklich nicht mitbekommen, dass ich seit einer halben Stunde um Ihr Leben kämpfe?"

Udo ließ sich wieder auf seinen Stuhl fallen. Er versuchte, langsamer zu atmen. Seine Hände verkrampften und seine Lippen verformten sich zu einem Karpfenmaul. Frau Mallmann reagierte blitzschnell. Nachdem sie den Notrufknopf betätigt hatte, zerrte sie eine Plastiktüte aus ihrer Handtasche und stülpte sie über seinen Kopf. Beruhigend sprach sie auf ihn ein und atmete mit ihm ein und aus. Dann war auch schon ein Arzt da. Mit ein wenig Mühe schaffte es Udo auf die schmale Liege. Das unaufgeregte Vorgehen des Arztes tat Udo gut. Er fühlte, dass seine Sterbestunde noch nicht gekommen war. Sein Atem wurde ruhiger. Nachdem sein Blutdruck gemessen worden war, bekam er einen Tropf angelegt.

„Der läuft jetzt zwanzig Minuten", informierte ihn der Arzt, bevor er wieder verschwand.

Frau Mallmann hatte gerade ihren Stuhl vor Udos Liege geschoben, als dessen Handy klingelte.

„Die halbe Stunde ist um", stellte Udo matt fest. „Die fragen sich, warum ich nicht gekommen bin."

Frau Mallmann reichte ihm wortlos sein Handy. Udo sagte mit fester Stimme sein Treffen ab und begründete die Absage mit lebenswichtigen Entscheidungen.

Frau Mallmann schwieg weiterhin. Udo war froh darüber. Er brauchte Zeit, um seine Gedanken zu sortieren.

„Gibt es auch Menschen, die es nicht geschafft haben?", fragte er.

„Selbstverständlich gibt es die. Ohne Disziplin wird es für die Patienten schwer."

„Und ohne Sie als Unterstützerin", ergänzte Udo.

„Herr Findeisen, ich möchte klarstellen, dass ich keine Zauberin bin. Selbstverständlich unterstütze ich Sie. Der Wille etwas zu ändern, muss von Ihnen kommen. Sie können sich gern vorstellen, dass ich Ihr Krückstock bin, doch gehen müssen Sie alleine."

„Und wenn ich mein Ziel erreicht haben werde, setze ich mich in meinen Oldtimer und besuche Marlene."

„Dann bleibt ja nichts mehr so, wie es ist", warnte Frau Mallmann lächelnd.

Udo wies auf den Tropf, der fast leer war. „Ach, Frau Mallmann, nichts ist für die Ewigkeit."

Durchgeknallt

Sie war ihm gefolgt. Hätte man sie in der ersten Viertelstunde, nachdem sie vorgegeben hatte, die Toilette aufsuchen zu müssen, wo sie sich nur eine Boshi über den Kopf gestülpt hatte, gefragt, was das jetzt sollte, hätte sie keine Antwort gewusst. Vielleicht hätte sie geantwortet, dass es ein Spiel sei. Vielleicht. Auch als sie sich im Belgischen Viertel an den mit Graffiti besprühten Wänden entlangdrückte, um ihn auf dem Weg zu seinem Parkplatz zu verfolgen, spürte sie nur das einschießende Adrenalin und die Verwunderung über das, was sie da gerade tat. Aber dann sah sie am Brüsseler Platz Matthias in seinem Taxi. Matthias brachte sie einmal in der Woche zum Flughafen, wenn sie nach Berlin musste. Den würde sie jetzt engagieren. Ohne nachzufragen, begann er sofort dem dunkelblauen Jaguar, in den der zu Verfolgende gestiegen war, hinterherzufahren. Plötzlich war ihr klar geworden, was sie bezweckte. Sie wollte wissen, wo er herkam, wie sein Zuhause aussah, der Mann, der sie so mir nichts dir nichts abgewiesen hatte. Eine letzte, allerletzte Chance zur Wiedergutmachung hatte er noch verdient. Es beruhigte sie, dass in ihrem Rucksack alles Notwendige vorhanden war, falls eine Bestrafung nicht mehr abzuwenden wäre. Wieso fiel ihr gerade jetzt dieses Lied ein? Sie begann zu summen, dann kam nach und nach der Text dazu: *Ev'ry breath you take, ev'ry move you make, ev'ry bond you break, ev'ry step you take, I'll be watching you ...* Ja, mein Lieber, ich werde dich im Auge behalten! An wen Sting da wohl gedacht hatte, als er dieses Lied geschrieben hatte?

Den ganzen Monat war sie schon so hibbelig und erwartungsvoll gewesen, als ob Weihnachten im Oktober stattfinden würde. Sie hatte sehnsüchtig auf den Tag gewartet, an dem er sie in ein romantisches Hotel einladen würde. In kleinsten Details hatte sie sich ausgedacht, was dann geschehen würde. Nach dem Abendessen säßen sie an der Bar, um einen Cocktail zu trinken. Sie würde ihr Glas leeren, während er sie die ganze Zeit erwartungsvoll anschauen würde. Unten im Glas läge ihr Verlobungsring. Sie würde ihn herausfischen, ihn genüsslich ablecken. Es würde ihn vor Aufregung nicht mehr auf dem Barhocker halten, er würde vor ihr auf die Knie fallen und die Frage stellen und sie würde ihr Ja durch die Bar schreien. Er würde ungläubig über ihren Freudenausbruch den Kopf schütteln, um ihr dann zu sagen, dass ihr Ja ihn zum glücklichsten Mann der Welt machen würde.

So hätte es laufen müssen; und nur so. Stattdessen hatte er sie in dem Lokal, in dem sie sich eben getroffen hatten, mit wenigen Worten abserviert.

Matthias räusperte sich. Er war mittlerweile auf die Autobahn gefahren, um den Jaguar zu verfolgen.

„Mensch Anna, bist du im Nebenberuf Detektivin oder warum verfolgen wir den jetzt? Und warum sitzt du hinter mir statt auf dem Beifahrersitz?"

Anna zog ihren Rucksack vom Boden auf den Rücksitz und kramte darin herum. Sie schaute auf.

„Mann, Scheiße, der fährt von der Autobahn ab." Im letzten Moment schaffte es Matthias, die Ausfahrt zu nehmen. Der Wagen schlidderte von rechts nach links und wieder nach rechts, bevor er ihn unter Kontrolle bekam.

„Was nun?", fragte er. Der Jaguar war verschwunden.

„Fahr rechts ran, ich muss überlegen!"

Er hielt am Straßenrand und drehte sich nach ihr um.

„Für mich wäre es nicht uninteressant zu erfahren, in was ich da hineingeraten bin. Wieso fahre ich eigentlich diesem Mann hinterher?" Sie lächelte in sich hinein. Schau an, sollte Matthias ein wenig eifersüchtig sein?

„Dieser Mann interessiert sich für mich. Er tut sehr geheimnisvoll. Ich möchte einfach mehr über ihn wissen." Matthias stellte das Taxameter ab und strich sich mit einer Hand über seine gegelten Haare.

„Tja, und kaum begonnen, steht meine Karriere als Mr. Marlowe schon wieder vor dem Aus."

Doch dann startete er hektisch das Taxi, denn wie aus dem Nichts war der blaue Jaguar wieder aufgetaucht. Neben dem Fahrer saß eine ältere Dame. Er folgte dem Jaguar mit ein wenig Abstand.

„Die Frau auf dem Beifahrersitz könnte meine Schwiegermutter in spe gewesen sein."

„Aha, bei dir geht es ja rasend schnell. Du planst also schon die Hochzeit." Der Taxifahrer lachte gequält.

Sie tat so, als hätte sie die Bemerkung nicht gehört und starrte auf ihr Handy. So blieb ihm ihr inneres Frohlocken verborgen.

Ich wusste es, ich wusste es doch, dachte sie. Er ist in mich verliebt. Er kommt zwar nicht für mich infrage, aber er ist in mich verliebt. Wieso denke ich immer, dass mich keiner liebt?

Matthias versuchte einen Themenwechsel.

„Hast du schon vom Trend ‚Analog ist das neue Bio' gehört?"

„Für mich persönlich uninteressant", antwortete sie, ohne den Kopf vom Smartphone zu heben.

Mittlerweile befanden sie sich auf einer Serpentinenstrecke, die durch einen Wald ins Tal hinunterführte. Dann, als sie fast im Tal angekommen waren, konnten sie durch die Bäume eine Kirche erkennen.

„Wahnsinn! Eine Kirche mitten im Wald!", rief Matthias.

Der Jaguar folgte dem Schild „Altenberger Dom". Anna kauerte sich hinter den Fahrersitz und bat Matthias ebenfalls den Parkplatz anzusteuern.

„Sind die beiden ausgestiegen?"

„Dein Typ hilft der älteren Dame gerade wie Ritter Roland aus dem Auto."

Anna hob ihren Kopf. Die beiden schritten mit etlichen anderen Besuchern auf den Kircheneingang zu. Vor dem Dom begrüßten sie eine

Gruppe dunkel gekleideter Menschen, die unterhalb des riesigen Westfensters standen, bevor sie gemeinsam durch das geöffnete Portal eintraten. Die Spätnachmittagssonne unterstützte die beeindruckende Wirkung des riesigen Fensters mit seinen Szenen aus dem biblischen Jerusalem. Je länger Anna sich auf die bunten Figuren konzentrierte, desto mehr nahmen sie die Gestalt tanzender Fratzen an. Teufelsfratzen in schillernden Farben versuchten, Kontakt zu ihr aufzunehmen, indem sie Anna mit ihren langen, pfeilartigen Fingern heranwinkten. Ihre schmalen, geschlitzten Augen verwandelten sich in riesige, rote Glupschaugen, aus den Mäulern züngelten kleine Flammen. Sie schüttelte sich; sie fühlte sich auf einmal ganz elend und begann wieder in ihrem Rucksack zu wühlen.

„Was suchst du denn bloß?" Matthias drehte sich erneut zu ihr um.

„Das Sechswochenamt, na klar, die gehen zum Sechswochenamt seines Vaters." Anna kramte einen Rosenkranz aus dem Rucksack.

„Häng den mal über den Wackel-Elvis, ist gut gegen die kleinen Teufelchen, die hier überall rumlaufen."

Matthias hielt den Rosenkranz in seinen Händen, ließ ihn nachdenklich durch seine Finger gleiten und reichte ihn Anna – leicht grinsend – mit den Worten „Lass mal, ich finde Teufelchen interessanter als Heilige" wieder zurück.

Anna schmiss den Rosenkranz achtlos in den Rucksack und murmelte: „Ist ja auch eigentlich kein Tablettenersatz."

„Was sagst du da?"

„Ich suche meine Tabletten, die ich regelmäßig nehmen muss."

„Was passiert, wenn du sie nicht einnimmst?"

Anna sah, dass die Fratzen im Fenster sich umarmten.

„Was passiert? Mein Stoffwechsel gerät dann durcheinander."

„Was heißt das? Drehst du dann am Rad?"

„Ach, Matthias, ich habe keinen Bock mit dir über Krankheiten zu reden. Lass uns lieber eine Pauschale aushandeln, dafür, dass du mir behilflich bist."

Sie hielt Matthias hundert Euro hin.

„Reicht das?"

„Kommt drauf an, was du noch mit mir vorhast."

Die Fratzen im Westfenster winkten sie heran.

„Ich gehe mir erst einmal die Beine vertreten. Warte hier auf mich!"

Matthias war aus dem Taxi ausgestiegen und hielt ihr galant die hintere Tür auf. Ohne auf seine Frage zu antworten, warum sie den Rucksack mitschleppe, stapfte sie mit entschlossenen Schritten auf das Portal des Domes zu. Die Fratzen im Westfenster schienen sich versteckt zu haben, immer wieder schaute Anna nach oben, doch sie entdeckte keine. Vielleicht trauen sie sich nicht wegen des gewaltigen Glockengeläuts heraus, das gerade begonnen hatte, überlegte sie. Sie hatte ein Mäuerchen entdeckt, von dem aus sie eine gute Sicht auf das Kirchenportal hatte. Dann holte sie ihr Smartphone aus der Tasche und nahm das Glockengeläut auf. Für meine private Messe, dachte sie und musste laut lachen, verstummte aber sofort, als ihr eine Fratze im

Display ihres Handys erschien. War das ein Hinweis, sich zu fokussieren, um bereit für das nächste Gefecht zu sein? Sowohl ihr Körper und ihr Geist waren angespannt, als die ersten Menschen aus der Kirche kamen. Endlich trat er mit der älteren Dame am Arm auf den Domvorplatz. Sie befanden sich in Mitten einer größeren Gruppe, sie wollte noch etwas abwarten, bevor sie ihn ansprechen würde. Dann sah sie die Bedrohung. Eine Frau in einem eleganten roten Mantel eilte auf ihn zu. Ihre rechte Hand hielt etwas umklammert. Mein Gott, es war ein Beil! Wieso reagierte denn niemand? Bis sie verstand. Ihre Aufgabe sollte es sein, ihn zu retten. Die Frau, die auf ihn zusteuerte, wollte ihn zerstören. Mit dem schweren Rucksack auf dem Rücken, rannte sie so schnell sie nur konnte, auf sie zu und zeigte, was sie in fünf Jahren Kickboxen gelernt hatte. Ihr ausgestrecktes rechtes Bein traf die Böse mit einer Wucht an der Hüfte, dass sie gegen eine andere Frau flog und diese unter ihrem Körper begrub. Warum daraufhin ein furchtbares Geschrei anhob, verstand Anna nicht. Dazu die schlimmen Worte, die gegen sie gerichtet waren; wovon „die Durchgeknallte" noch das freundlichste war. Wenn sie sich doch nur die Ohren zuhalten könnte, doch sie benötigte ihre Hände, um sich gegen die Bösen zu wehren. Am Schlimmsten fand sie seine Reaktion. Statt glücklich über seine Rettung zu sein, schlug er auf sie ein. Wie hässlich sein Gesicht plötzlich aussah! Wie Gift traf sie sein Speichel, als er versuchte, sie nieder zu ringen.

„Nehmt der Frau das Beil ab, nehmt der doch das Beil ab", rief sie und hoffte, während sie gleichzeitig versuchte sich frei zu kämpfen, die anderen zu übertönen.

„Sind Sie bescheuert, ich habe doch gar kein Beil", keifte die Frau, die auf dem Boden kniete und versuchte, der Frau unter ihr wieder auf die Beine zu helfen. Anna war es unterdessen gelungen, aus seiner Umklammerung zu fliehen, doch ehe sie sich versah, wurde sie von zwei Männern erneut in den Schwitzkasten genommen.

„Die Frau ist durchgedreht, die ist ja vollkommen durchgedreht, kennst du die etwa?", rief die ältere Dame.

„Woher sollte ich die kennen, die wird aus der Klapse abgehauen sein." Er schenkte ihr, anstatt des erhofften Liebesversprechens, einen letzten verächtlichen Blick, klopfte sich seinen Mantel ab, und drehte ihr den Rücken zu. Sie sah, wie die meisten Kirchgänger an ihnen vorbei eilten, doch einige Schaulustige blieben stehen, die sich ob des seltenen Schauspiels auf diesem ehrwürdigen Platz, köstlich amüsierten.

„Ja wo ist denn das Beil, ja hat denn einer das Hackebeilchen gesehen?" rief einer und die anderen wollten sich ausschütten vor Lachen. Währenddessen schrien die Männer, die sie festhielten, noch immer nach der Polizei. Aus den Augenwinkeln sah sie, wie sich ihr Taxi dem Domplatz näherte. Sie ließ ihren Körper in den Armen ihrer Wächter erschlaffen, um dann wenige Sekunden später das zu tun, was sie immer und immer wieder geübt hatte. Blitzschnell baute sie die nötige Körperspannung auf, löste sich mit einer kräftigen Drehung und knockte beide Männer mit gezielten Tritten gegen ihre Eier aus. Die erbärmlichen Schmerzensschreie begleiteten sie bei ihrem Sprint zum Taxi. Mathias hielt kurz an, sie hechtete in den Wagen und mit offener Tür und hohem Tempo verließ das Taxi den Domplatz. Matthias verpasste die Serpentinenstraße und preschte über die Landstraße; hinten saß Anna, vollgepumpt mit Adrenalin, glücklich, eben ihr wirkliches Ich entdeckt zu haben. Anna, die Amazone, die Kämpferin, hatte es doch gar nicht nötig, sich erniedrigen zu lassen, darum zu betteln, in ihrer Größe und mit ihrer Power wahrgenommen zu werden. Ihre Gesichtszüge entspannten sich, wirkten regelrecht versonnen. Was sollte sie noch Gedanken an ihn verschwenden. Einfach abhaken. Es gab ja schließlich noch Matthias. Sie hatte doch heute sein Interesse gespürt. Sie überlegte, wie sie Matthias in das Jagdhaus ihres Großvaters lotsen könnte, da begann er, sich ausgesprochen dumm zu verhalten. Nun musste sie Konsequenz zeigen. Während Matthias ungeduldig fragte, wohin er fahren sollte, an ihrem Verhalten herumkritisierte, schließlich mehr Geld verlangte und laut überlegte, ob er sie nicht einfach auf dem nächsten Wanderparkplatz rausschmeißen sollte, holte sie seelenruhig eine Pistole aus dem Rucksack und lud durch.

Wie das Gespinst wohl ins Gehirn kommt?
Flimmert eine LED im Herzen?
War der Mann zuerst schwarz-braun
Oder die Haselnuss?
Gibt es den Dachs auch artig?   Bruny Fritz

Die Jagd ist auf

Ein Sonnenstrahl hat es am frühen Morgen geschafft, durch die trüben Scheiben der Jagdhütte zur Nasenspitze des Taxifahrers zu dringen. Das Wachwerden in diesem Raum: ungläubiges Entsetzen. In den ersten Sekunden wünscht er sich den Radiowecker seiner Jugendzeit zurück, der ihn mit Heavy Metal aus dem Bett gezwungen hatte. Auch das Wuterwachen, wenn der Lastwagen morgens kommt, um den Glascontainer vor seinem Haus zu leeren, wäre erträglicher für ihn gewesen. Stattdessen fühlt er sich in einem bösen Traum gefangen, immer noch hoffend, in seinem Bett, statt auf diesem fauligen Holzboden zu erwachen. Das Grauen der vergangenen Nacht kriecht in seinen eingeschnürten Körper, der mumiengleich in einem Schlafsack liegt.

Als hätte er seine eigenen Qualen fotografiert, ruft sein Hirn Bilder auf. Sein Puls wird schneller. Die Enge im oberen Brustkorb unerträglich. Was hatte sie ihm eingeflößt, dass er gestern ein willenloses Opfer ihrer Aggressionen werden konnte?

Er blinzelt vorsichtig. Sie hockt auf einem Schemel und hat ihn im Visier. Tränen haben sich mit ihrem Mascara vermischt, ihr Lippenstift ist weit über die Lippenränder verschmiert. Ein Clown, der niemanden zum Lachen bringt. Ihre rechte Hand ist mit einem Tuch umwickelt, Blut durchtränkt. Die Linke umklammert die Pistole. Er blinzelt in den Lauf der Waffe. Sie bemerkt es.

„Ich weiß, dass du wach bist."

„Ich muss pinkeln. Schnür mich auf!"

„Piss in den Schlafsack!"

Übelkeit steigt in ihm hoch. Sein Zwerchfell und seine Bauchmuskeln verkrampfen. Beim ersten Würgen reißt er seinen Kopf zur Seite. Galle läuft aus seinem Mundwinkel.

„Willst du, dass ich an meiner Kotze ersticke?"

„Du musst ganz ruhig durch die Nase atmen, dann wird es besser."

Er konzentriert sich auf seine Atmung und versucht, seine Panik zu kontrollieren. Er darf sich nicht aufgeben.

„Keiner hat das Recht mich abzuservieren", sagt sie.

„Habe ich das gemacht?"

„Ja, du willst dich nicht erinnern. Die Drogen, die ich dir gestern gegeben habe, haben deine Zunge gelöst."

„Uiihhhhh", macht er auf einmal. Der Schlafsack färbt sich dunkel.

„Reicht dir diese Demütigung? Was muss ich dir versprechen, damit du mich rausschnürst. Anna bitte!"

„Anna bitte!", äfft sie ihn nach.

Sie stellt sich auf den Schemel, richtet die Pistole auf ihn und fragt, fast flüsternd: „Do you know what love is?" Sie spricht lauter: „Do you know what love is"? Sie steigert sich in ein Crescendo: „Do you know what love is? "

„Nein, das weiß ich nicht mehr. Ich hab's wohl nie gewusst."

„Siehst du." Sie springt vom Schemel. „Ich bin voll von Liebe, ich weiß mich nicht zu retten vor Liebe, ich werde wahnsinnig vor Liebe, ich glaube, ich werde einmal umkommen vor Liebe. Aber ich will nicht sterben, bevor ich nicht Liebe geschenkt bekommen habe."

„Solange du die Waffe auf mich richtest, werde ich wohl eher sterben."

Sie schaut sich in der Jagdhütte um und legt die Waffe auf einer alten Eichentruhe ab. Dann wickelt sie das blutgetränkte Tuch von ihrer Hand, hängt es wie eine Trophäe an einem der vielen Geweihe auf und betrachtet die Wunde.

Sie kniet sich vor seinen eingeschnürten Körper, hält ihre Hand dicht vor seine Augen und befiehlt: „Puste mal, war der Stacheldraht."

Er pustet gehorsam.

Während sie aus einer Schublade ein Pflasterpäckchen herausholt, um ihre Wunde zu versorgen, versucht er sich zu erinnern. Was ist gestern geschehen? Er fährt Anna jede Woche, so auch gestern. Anders als sonst hatte sie sich nach hinten gesetzt. Anders als sonst sollte er sie nicht zum Flughafen fahren, sondern ein Auto verfolgen. Anders als sonst hatte sie ihm keine Geschichte erzählt und mit ihm gekichert. Dann war es kurioserweise auf diesem Kirchplatz zu einer Prügelei gekommen. Er hatte ihr zur Flucht verholfen und auf einmal die Waffe in seinem Nacken gespürt. Sie hatte ihn zur Jagdhütte dirigiert. Mit einem hölzernen Rechen wurde er in die Hütte geprügelt. Sein Rückgrat schmerzt fürchterlich. Was ist er eigentlich für ein Mann, dass er sich nicht wehren kann? Seine letzte Erinnerung ist, dass sie ihn in den Schlafsack gezwungen hatte, dann dieser Whisky, der nicht schmeckte. Blackout.

Sie hockt sich vor ihn. Der Gestank stört sie wohl nicht.

Ihr Gesicht kommt nah an seins heran.

„Warum hast du unsere Beziehung zerstört?"

„Verdammte Scheiße, wir hatten keine Beziehung!"

„Was sagst du? Und was ist das?" Sie holt ihr Smartphone aus dem Rucksack. Gekicher ist zu hören. Von ihm und von ihr. Dann seine Stimme: „Ach, bist du wunderbar! Wenn ich doch nur solche Kunden hätte wie dich. Du bist einmalig!"

„Na, was sagst du jetzt?", kreischt sie. Plötzlich steht die Anna da mit ihrer Liebe und soll sie einsperren?"

„Sag einmal, wie krank bist du eigentlich?"

„Ja, krank ... Wenn euch Typen nichts mehr einfällt, dann sind wir krank. Dann haben wir unsere Tage, Migräne oder was auch immer. Vielleicht kranke ich ja an der Liebe. Aber merke dir eins: Wenn Frauen von Liebe sprechen, dann handeln sie auch in Liebe. Männer reden am Anfang von Liebe. Aber wenn sie Liebe spüren, wird sie ihnen unheimlich."

„Klischee", flüstert er. „Aber ich ahne, dass ich für all die bösen Männer bestraft werde."

„Die Jagd ist auf", meint sie. „Ich hätte gar nicht so böse werden können, wenn ich meine Angels gefunden hätte."

„Deine Angels?"

„Ja, meine Pillen, die ich nehmen muss."

„Kipp doch um Himmels willen deinen Rucksack aus, vielleicht findest du sie ja noch!"

Der Taxifahrer spürt, wie sich Hoffnungslosigkeit in der Jagdhütte ausbreitet, wie sie in sämtliche Ritzen des Holzes kriecht. In diesem ungleichen Duell gibt es keine Sekundanten. Er beginnt zu weinen. Erst ist es ein stummes Weinen. Er lässt die Tränen über seine Wangen laufen. Er kann sie nicht abwischen; seine Arme sind eingeschnürt. Dann schüttelt sich sein zusammengeschnürter Körper. Anna sieht ihn an. Sein Weinen wird immer heftiger, er kann nichts dagegen tun, es steigert sich zu lautem Schluchzen. Sie lächelt und kuschelt sich in einen Ohrensessel hinein.

Das Schluchzen des Taxifahrers verstummt; er hält seine Augen geschlossen. Leise singt sie: „*So when I'm lying in my bed, thoughts running through my head, and I feel that love is dead, I'm lovin angels instead.*"

Sie beugt sich zu ihm hinunter und sagt: „Sei froh, dass mich die Songs von Robbie Williams so versöhnlich stimmen. Ich glaube, das musste alles einmal gesagt werden."

Der Taxifahrer seufzt.

„Fangen wir noch einmal von vorne an?" Sie streichelt seine Wange.

„Ja, wir fangen noch einmal von vorne an."

In der Ferne hört der Taxifahrer eine Hundemeute. Er atmet tief durch den Bauch ein. Jetzt ist Hoffnung meine Nahrung, denkt er.

Langsam beginnt sie, ihn loszuschnüren.

„Manchmal muss der Mensch richtig durchgeschüttelt werden vom Leben, weißt du. Dann kann man erkennen, dass das Glück gleich nebenan auf einen wartet. Oder im Taxi neben einem sitzt", erklärt sie ihm und lacht neckisch.

Als sie ihn aufgeschnürt hat, will der Taxifahrer aus dem Schlafsack kriechen.

„Nein, nein, mein Schatz." Ihre Hand drückt seinen Brustkorb nieder.

Sie deutet auf den Wasserkessel, der auf dem Herd steht.

„Ich werde jetzt Wasser aufsetzen und dich gründlich reinigen. Nimm es als ein Ritual. Ich werde all das, was zwischen uns gestanden hat, wegwaschen."

„Aber ..."

„Nein, kein Aber!"

Sie lässt in eine Schüssel das angewärmte Wasser laufen, setzt sich auf ihn, greift hinter sich, holt zwei Handschellen hervor und fesselt ihn damit an die Tischbeine.

Was bin ich für eine verdammte Memme, denkt er.

Sie holt ein Stativ und eine Kamera aus dem Rucksack, baut alles auf, lächelt zufrieden.

Es geht immer noch schlimmer, denkt der Taxifahrer. Wieso höre ich die Hunde nicht mehr?

Sie nimmt eine Schere und beginnt, seine Kleidung aufzuschneiden.

Immer wieder lächelt sie in die Kamera.

„Für Facebook", sagt sie. „Ich stell das gleich bei Facebook ein."

„Warum zerschneidest du meine Kleidung? Willst du mich nackt mit in die Stadt nehmen? "

„Im Schrank ist noch was vom Großvater. Das wird dir passen."

Sie wäscht ihn liebevoll am ganzen Körper, trocknet ihn ab, während er mit geschlossenen Augen daliegt und fieberhaft überlegt.

„Anna, mach mich los, ich muss kacken."

Sie zuckt zusammen.

„Das geht jetzt nicht."

„Liebes, du hast mich so schön gesäubert …"

Sie ergreift die Pistole, geht zum Rucksack, holt den Schlüssel seines Taxis heraus.

„Dein Schlüssel, nur damit du Bescheid weißt, mein Schatz."

Der Taxifahrer nickt.

Sie löst die Handschellen und zeigt ihm, mit der Pistole in der Hand, den Weg zum Klo.

„Du wunderschöner Mann", sagt sie, als sie ihn splitterfasernackt vor sich hergehen sieht. „Du gehörst jetzt mir."

Ich darf in den nächsten Sekunden nichts falsch machen, denkt er, es muss alles sehr schnell gehen. Hoffentlich hat sie den Wagen nicht abgeschlossen. Anna schaut zu, wie er sich auf die Toilette setzt, dann schließt sie lächelnd die Tür.

Er stöhnt absichtlich, als er seinen Körper durch das enge Klofenster zwängt. Mit wenigen Schritten erreicht er sein Taxi und öffnet die Beifahrertür. In der Konsole liegt der Ersatzschlüssel. Er windet sich geduckt auf den Fahrersitz, startet, fährt los und schon trifft die erste Kugel das Blech, dann die zweite, dann zählt er nicht mehr.

Gas geben, ist sein einziger Gedanke. Nach ein paar Kilometern sieht er Jäger, die Warnwesten tragen und Hunde an Schleppleinen führen. Ach ja, die Jagd ist auf.

Frau Winterbohms Besuch im Himmel

Mit einem heftigen Stoß wurde Frau Winterbohm an die Wand gedrückt. Spitze Steinchen schrammten ihren Rücken. Ihr Körper wand sich in hilflosen Bewegungen. Raue Lippen versuchten, ihren Mund zu öffnen. Sie roch den vertrauten Duft von Bier, Zigaretten und dem Essen, das sie eben noch zubereitet hatte.
Das Küchenmesser im Ärmelversteck quälte sie.
„Komm sei lieb", grunzte Franz.
Sie blieb stumm. Auch, als er wie ein nasser Sack an ihr herunterglitt und mit ausgebreiteten Armen auf dem nackten Kellerboden liegen blieb, war sie wie erstarrt.
Aus der Hauptschlagader spritzte hellrotes Blut. Der Betonboden verteilte es in zarte Rinnsale, die sich in Frau Winterbohms Richtung bewegten. Seine Lippen versuchten ein Wort zu formen. Vergeblich.
Sein Körper vibrierte, zuckte unkoordiniert, der Mund öffnete sich. Sie hörte ein Gurgeln. Seine Augen bemühten sich, ihren Augen zu begegnen. Vergeblich.
Dann ein Schnaufen. So laut, dass Frau Winterbohm ein paar Sekunden lang glaubte, er würde wieder aufspringen.
Nein, alles gut. Seine Augen blickten starr an die Kellerdecke.
Wie schnell der Tod doch zu Franz gekommen ist, dachte Frau Winterbohm beruhigt, als sie sich auf den Boden setzte, an die Wand anlehnte, ihre Pulsadern aufschnitt und auf den eigenen Tod wartete.

Kein Lichtbogen, den sie durchschreiten musste, niemand wartete mit einem Boot, um sie an das andere Ufer überzusetzen. Erinnerungen wurden geboren.

Gitti ist fünf Jahre alt. Mutter findet sie alt genug, um ihr eine neue Aufgabe zu übertragen. Sie soll am Sonntagmittag ihren Vater aus dem Gasthaus abholen. Vater schafft es nicht, zum richtigen Zeitpunkt aufzustehen, damit er mit Frau und Kind das Mittagessen einnehmen kann.

„Ich mach meinen Kumpels so viel Freude. Sie wollen mich einfach nicht gehen lassen." Dies ist seine Entschuldigung, wenn er wieder einmal Stunden zu spät nach Hause geschlurft kommt.

Am Sonntag trägt sie ihre Haare am Hinterkopf zu einem Dutt gesteckt. „Komm, ich mach dir ein Krönchen", sagt die Mutter und steckt ihr zum Schluss eine gestärkte Schleife ins Haar. Die Oma hat ihr an den Winterabenden ein Sonntagskleid gestrickt. Das bekommt weiße Kniestrümpfe und schwarze Lackschuhe als Begleiter.

Mutter streichelt ihr kurz über die Wange. Drei Worte begleiten sie durch das Gartentor: „Los, hol ihn!"

Gitti hört das vergnügte Johlen der Männer, als sie versucht, die schwere Schwingtür vom Gasthaus zu öffnen. Als sie es endlich geschafft hat, starren sie viele Männeraugen an. Wo ist ihr Papa?

„Heini, dat kleine Ding kommt, um dich einzukassieren", ruft ein Mann und winkt ihren Papa herbei.

„Na, kleines Fräulein", sagt ein anderer Mann zu ihr, als sie so verloren im Gastraum steht. „Willste Klümpchen?"

Sie nickt scheu, schwielige Hände greifen nach ihr und ziehen sie näher heran.

„Jetzt musste aber erst ein Liedchen singen."

Gitti singt ein Lied.

Irgendeiner der Männer gibt der Bedienung ein Zeichen. Die füllt bunte Bonbons in eine spitze Tüte und reicht sie dem Mann, der dafür ein paar Groschen auf die Theke legt. Doch Gitti soll die Klümpchen nicht so billig bekommen.

„Gitti, toll gesungen. Jetzt will ich aber noch nen schönen Knicks sehen."

Gitti macht einen Knicks.

Dann endlich kann sie die Tüte an sich drücken. Sie zieht an Vaters Anzugsjacke, der lässt sich das gefallen. Er scherzt noch beim Rausgehen mit den anderen Männern und ruft: „Jetzt begebe ich mich wieder in des Weibes Hand."

Gejohle ist die Antwort.

Frau Winterbohm registrierte zuerst ein zartes Motorengeräusch und ein leises Surren. Dann fühlte sie sich überwältigt von dem gleißenden Licht. Sollte sie etwa doch … sie wagte nicht, diesen Gedanken zu Ende zu denken. Sie versuchte, ein wenig ihre verklebten Augenlider zu öffnen.

„Bin ich im Himmel?", fragte sie flüsternd. Ihre Zunge lag träge wie ein pelziges Tier im Mund.

Ein weißes Wesen beugte sich zu ihr herunter.

„Möchten Sie etwas trinken?"

„Sind Sie ein Engel?", flüsterte Frau Winterbohm, bevor sie aus der Schnabeltasse trank.

Dann musste sie husten und Bruder Schmerz durchbohrte sie. Sie kannte diesen Begleiter, sie war eine Schmerzspezialistin. Dieser hier nahm ihr den Atem und ihr war schlagartig klar, dass sie lebte. Das war das Letzte, was sie wollte: leben! Sie versuchte sich tot zu stellen, einfach nicht zu atmen. Sie hörte das weiße Wesen zu jemandem sagen: „Elsbeth, passen Sie gut auf sie auf, ich werde veranlassen, dass sie erst morgen verhört wird. Sie wird jetzt schlafen. Im Tropf ist ein starkes Schmerzmittel."

Ach morgen, dachte Frau Winterbohm, morgen werde ich doch tot sein.

Laufen, laufen, laufen! Die Schuhe stecken tief im Morast. Sie versucht herauszuschlüpfen. Wie Schraubzwingen hält der Morast die Schuhe fest. Sie spürt schon das Keuchen der Männer in ihrem Rücken, dann die Hand, die an ihrer Jacke zerrt. Reißen von Stoff, sie fällt in den Schlamm, der sie warm umschlingt, bald verschlingen wird; Unsichtbarkeit ist ein Geschenk. Die Hände um ihre Kehle. Ein Halsband, das sie erzittern lässt: Franz, nimm mich mit ins ewige Leben! Doch Franz lässt sie los, legt sich alleine in den Schlamm, zusammengekauert wie ein Embryo.

„Nein, Sie können Frau Winterbohm heute noch nicht verhören. Frau Winterbohm hat multiple Verletzungen, die es erforderlich machen, ihr stärkste Schmerzmittel zu geben. Nein, Besuch werde ich auch nicht zulassen."

Frau Winterbohm wollte, dass sie aufhören zu reden. Sie sollte dem weißen Wesen erklären, dass vor dem Sterben Ruhe einkehren muss, dass es keine Aktion mehr braucht.

Sie hörte die Stimme von Ursula, die ihr so viel vom Herrn Jesus erzählt hatte. Ursula war es auch gewesen, die sie in die Gemeinde mitgenommen hatte. Dort hatte sie erfahren, dass sie im Himmelreich belohnt werden wird, für das, was sie auf Erden erleiden musste. Immer wieder wurde sie auch von den anderen Gemeindemitgliedern ermuntert, durchzuhalten. Der Franz sei krank, sie müsse doch zu ihm stehen.

Ihr fiel ein Lied von Christina Stürmer ein, das ein paar junge Frauen aus der Gemeinde bei einem Gottesdienst gesungen hatten. Ein paar Zeilen des Liedes konnte sie auswendig. Mit brüchiger Stimme sprach sie den Text.

„Und weißt du, wie die Engel fliegen? Hast du je einen gesehen? Engel fliegen einsam. Ich weiß, es geht dir ganz genauso. Was hast du mit mir gemacht? Du und ich gemeinsam."

Vielleicht würde Gott sie bald zu seinem Engel machen.

Du und ich gemeinsam, du und ich gemeinsam, du und …

Gitti trippelt aufgeregt durch den Schnee. Sie trägt ihre neuen Stiefeletten, mit denen sie Schwierigkeiten hat, in den Laufrhythmus von Franz hineinzufinden, der wie ein Pflug den Schnee zur Seite tritt.

„Franz, so warte doch, ich will mich bei dir einhaken."

Franzens Arm zeigt sich unwillig. Sie greift nach seiner Hand.

„Was hat der Vater denn gesagt, als du um meine Hand angehalten hast?"

„Wie viel ich verdiene, wollte er wissen, und dass ich mit dir Geduld haben muss, weil du nicht die beste Hausfrau bist."

„Nein, das bin ich nicht", lacht Gitti und schmeißt sich in den Schnee. Der rote Wollmantel leuchtet im glitzernden Weiß. Gitti breitet beide Arme aus und bewegt sie von oben nach unten und von unten nach oben.

„Stattdessen mach ich einen Schneeengel für dich. Franz, ich habe viele lustige Ideen."

Franz legt seinen Kopf in den Nacken; atmet ganz tief aus. Die Kälte lässt seinen Atemstoß sichtbar werden. Dann schaut er auf Gitti hinunter.

„Lustige Ideen machen uns aber nicht satt."

„Franz, dein Vergnügen aber auch nicht. Du musst mir versprechen, dass du vernünftiger wirst, wenn wir heiraten. Du kannst zukünftig nicht mehr so oft ins Wirtshaus gehen. Wenn du ein Ehemann bist, hört es auf mit der Trinkerei."

„Ich verspreche dir alles, wenn du mich nur heiratest."

Franz zieht Gitti zu sich hoch, drückt sie an sich, küsst sie gierig. Abrupt lässt er von ihr ab. Hinter dem Zaun, nur etwa fünfzig Meter entfernt, steht auf einer Lichtung ein Zwölfender, den Kopf mit dem großen Geweih Richtung Boden gedrückt, als ob es im Schnee etwas zu finden gäbe. Franz umschlingt Gitti von hinten, drückt sie fest an sich, Gitti spürt, dass er erregt ist. Sie ist verwirrt.

„Schau nur", flüstert er ihr ins Ohr. „Hinter dem bin ich schon die ganze Zeit her. Ist er nicht wunderschön?"

Ehe Gitti antworten kann, läuft der Hirsch in den nahen Wald hinein.
„Ich krieg dich noch, ich schwör's dir", flüstert Franz.

Die Ärztin hatte Frau Winterbohms Hände gestreichelt, nachdem die Anwältin gegangen war. Sie hatte ihr erklärt, dass sie noch drei Tage hier bleiben könne, bis sie ins Gefängniskrankenhaus gebracht werden würde. Frau Winterbohm hatte versucht, ihrer Pflichtverteidigerin zu vermitteln, dass sie nicht böse sei. Wenn Franz sich im Leben zurechtgefunden hätte, wäre sie doch niemals auf die Idee gekommen, ihn mit in den Himmel zu nehmen. Sie hatte einfach keine Kraft mehr gehabt, sich um ihn zu kümmern. Die Pausen, in denen sie sich von seinen Gewalttätigkeiten erholen konnte, waren immer kürzer geworden. Sie konnte doch nicht ins Gefängnis gehen, wenn Franz im Himmel auf sie wartete.
Frau Winterbohm blickte zu der Ärztin und versuchte ein Lächeln.
„Sie sind so lieb zu mir, alle sind hier so lieb zu mir. So stelle ich mir den Himmel vor. Dort kann man einfach nicht mehr böse sein, auch wenn man es will. Man bekommt Medizin gegen die Schmerzen und begegnet den Engeln. Wenn Gott es so will, wird man selber ein Engel. Es gibt keine Erinnerung mehr an das böse irdische Sein."
„Ich wünsche mir für Sie, dass Ihnen das Gute noch oft hier auf Erden begegnen wird", sagte die Ärztin. Sie ging zum Fenster, drückte auf einen Knopf und die Jalousien bewegten sich langsam in die Höhe, um etwas von der Märzsonne ins Zimmer zu lassen. Dann meldete sich ihr

Pieper und mit eiligen Schritten verließ sie das Krankenzimmer, ohne sich noch einmal nach Frau Winterbohm umzuschauen.

Frau Winterbohm kuschelte sich in die Kissen.

Kraniche waren es, die mit ihren Rufen ihr Unterbewusstsein erreichten. Durch das Fenster sah sie die eleganten Vögel in typischer Keilformation fliegen. Drei Kraniche scherten aus der Formation aus. Frau Winterbohm beobachtete mit weit aufgerissenen Augen, dass sie in ihre Richtung angeflogen kamen. Ohne ihr übliches Geschrei ließen sie sich auf dem Baum vor dem Fenster nieder und breiteten die Fittiche aus.

Es fiel Frau Winterbohm gar nicht schwer, aufzustehen und ans Fenster zu treten. Es ließ sich leicht öffnen. Die Kraniche schauten sie erwartungsvoll an. Wie selbstverständlich wollte Frau Winterbohm sich zu ihnen gesellen. Es war wie Schweben.

Ursula und zwei Frauen aus der Gemeinde hatten hartnäckig mit der Ärztin verhandelt, bis die schließlich ihr Einverständnis gegeben hatte, Frau Winterbohm für einige Minuten zu besuchen.

Als sie das Zimmer betraten, schlug das geöffnete Fenster zu.

Frau Winterbohms Bett war leer.

Der Schrecken greift nach dir
Du sagst, er sei nicht da.
So wachsen die Ponyfransen über die Augen
Bis auch das Schöne unsichtbar wird.   Bruny Fritz

Dieser eine Moment

Luisa verspürte wieder diesen Zwang, Carmen alles zu erzählen. Sie wusste, dass Carmen innerlich den Kopf über sie schüttelte, sie wusste aber auch, dass Carmen immer zu ihr halten würde; bei allem Unverständnis über ihre Eskapaden. Manchmal fragte sie sich, warum sie ihre Freundin immer wieder einweihte. War es vielleicht Teil des Spiels, gehörte es mit zum Thrill? Denn Fremdgehen, ohne dass die beste Freundin etwas davon erführe, wäre doch blöd. Carmen war ihr zweites Ich; ihr vernünftiges Ich. Warum Luisa das brauche, fragte sie immer. Carmen wollte halt allem auf den Grund gehen. Letzte Woche waren sie zusammen in dem Musical „Bodyguard" gewesen. In der Pause hatte Carmen ganz unvermittelt wissen wollen, wo ihre Sehnsucht hinginge. Mit solchen Fragen unterbrach sie regelmäßig Luisas oberflächliches Geplapper und setzte sie erst einmal schachmatt. Aber Luisa liebte sie dafür.
„Mensch, Carmen", hatte sie geantwortet, „darüber muss ich erst einmal ein paar Takte nachdenken."

„Ja, mach das", hatte Carmen nur bemerkt, dann waren sie zurück zu ihren Plätzen gegangen.

Eine Woche später fischte Luisa ganz hinten aus ihrer Wäscheschublade einen schwarzen Seidenunterrock hervor. Er glitt wie ein Windhauch über ihren nackten Körper; dann drehte sie sich zu dem großen Standspiegel. Wow, dachte sie, als sie sich noch ein Nichts von Slip überstreifte. Anfangs konnte sie nie einschätzen, wie weit sie sich auf ihr Abenteuer einlassen würde. Aber sie wollte auf alle Fälle vorbereitet sein. Welche Frau konnte sich mit zweiundfünfzig Jahren schon unvorbereitet mit ihrem Liebhaber treffen? Schönheitspflege gehörte zu Luisas täglichem Ritual, dabei war es ihr wichtig, ihre natürliche italienische Schönheit zu betonen. Ihr Mann Marco konnte nicht verstehen, dass sie an den meisten Tagen der Woche auf Pasta und Dolce verzichtete. „Wir sind Italiener, vergiss das nicht!", ermahnte er sie und wollte nicht daran erinnert werden, dass sie schon seit dreißig Jahren einen deutschen Pass besaßen. Für Luisa war es selbstverständlich, Marco kulinarisch so zu verwöhnen, wie er es liebte. Das war ihr unausgesprochener Deal. Sie versorgte ihn wie eine Mama und er ließ sie in Ruhe.

Luisa hörte durch die geöffnete Balkontür ein Poltern, Geschrei und Gelächter. Neugierig schaute sie auf die gegenüberliegende Straßenseite, auf der die Eisdiele Frattini lag. Ihre Mutter stand wild gestikulierend auf dem Bürgersteig. Ihre Entsetzensschreie galten der dicken Frau Jückerath, die hilflos wie ein Maikäfer auf dem Rücken lag, neben sich den zerbrochenen, filigranen Eisdielenstuhl. Luisas Bruder und ihr Vater sowie Cem aus dem Büdchen nebenan kamen angerannt, um der guten Frau aufzuhelfen. Ein paar Halbwüchsige aus dem Veedel standen feixend daneben und kommentierten mit dummen Sprüchen die Rettungsaktion. Frau Jückerath ließ sich von Luisas Bruder auf die Bank vor der Eisdiele bugsieren, wischte sich mit einem Taschentuch übers Gesicht und nahm dann mit ihrem typisch bellendem Lachen den Cappuccino an, den ihr Luisas Mutter reichte. Luisa wurde es ganz warm ums Herz. Was für eine wunderbare Familie hatte sie doch! Lächelnd begann sie ihr Kleid zu bügeln, das sie zu ihrem Rendezvous anziehen wollte. Ihren neuen Geliebten hatte sie in der Eisdiele ihrer Familie kennengelernt, als sie dort ausgeholfen hatte. Er war mit einer älteren Dame hereingekommen, hatte diese liebevoll ans Ecktischchen begleitet, war dann an den Tresen getreten und hatte gefragt, was sie denn empfehlen könne. „Mich zum Beispiel", hatte Luisa geantwortet und dem Fremdem kurz in die Augen geschaut, während sie eingelegte Kirschen in einen Becher füllte. Sie kostete es aus, dass der Fremde vollkommen verdattert zu sein schien. Danach war sie förmlich geworden. „Pardon, mein Herr, ich meine natürlich, dass im Hause Frattini alles köstlich ist." Der Fremde wählte eine Cassata und einen Eiskaffee und Luisa legte ihm mit der Rechnung ihre Visitenkarte auf das Tablett.

Am Abend sollte ihr drittes Treffen sein. Es war der 22. März, es war Frühling, und wenn Marco mit seinen Freunden die erste Pokerrunde einläuten würde, läge sie in den Armen ihres Geliebten.

Merkwürdigerweise fühlte sie nicht die alte Euphorie, die mit solchen Begegnungen normalerweise einherging. Es war siebzehn Uhr zehn, als ihr Handy sich meldete. Jemand flüsterte ihren Namen.

„Luisa, ich bin in Brüssel, ich werde heute nicht mehr nach Köln kommen, ich bin im Krankenhaus."

Als Erstes registrierte Luisa, dass die Stimme ihres Geliebten fremd und heiser klang. Als Zweites ihre Abneigung, irgendwelche Krankengeschichten anhören zu müssen.

„Was ist denn los?", fragte sie.

„Ja, weißt du denn nicht? Hast du keine Nachrichten gehört?"

Luisa suchte nach einem Halt, sie rutschte langsam am Schrank hinunter, setzte sich auf den Teppichboden und lehnte sich an den Schrank. Bitte keine Katastrophennachricht, dachte sie und griff nach ihrem Fächer.

„Luisa, so antworte doch!"

„Nein, ich habe noch keine Nachrichten gehört." Sie begann zu weinen.

„Ich höre nie Nachrichten!", schluchzte sie ins Telefon. Die Verbindung war unterbrochen. Hatte er aufgelegt? Sie wählte Carmens Nummer.

„Carmen, was ist in Brüssel geschehen?"

„Luisa, seit wann interessiert dich, was irgendwo passiert ist?"

„Sag's mir einfach, Carmen!"

„Es gab Attentate in Brüssel mit vielen Toten und Verletzten."

Luisa legte auf. Sie zitterte am ganzen Körper. Auf ihrem Nachttisch standen die Pillendosen. Blau wie der Himmel, dachte sie, als sie endlich die Beruhigungstablette in ihrer Hand hielt. Wie festgefroren stand sie da und starrte auf die Pille in ihrer Hand. Bis sie auf einmal den Kopf schüttelte und sie zurück in die Pillendose legte. Luisa wusste, dass sie zu lange daran geglaubt hatte, dass sie nur etwas zu schlucken bräuchte, und alles würde in ihrem Leben in Ordnung kommen. Jetzt mal ganz ruhig, dachte sie und versuchte, sich an die Übungen aus ihrem Entspannungskurs zu erinnern. Sie hüllte ihren Körper in einen Bademantel und zog sich die Kapuze weit über den Kopf. Tief Luft holend ging sie auf den Balkon und blickte auf die andere Straßenseite. Ihr fast achtzigjähriger Vater lud gerade Kisten aus dem Auto, um sie in die Eisdiele zu tragen. Warum hatte er wohl alles so gut wegstecken können, obwohl es ihn doch viel schlimmer erwischt hatte als sie, fragte sie sich. Ohne ihr übliches schlechtes Gewissen beschloss sie, Grießpudding zu kochen. Ihren Seelentröster seit der Kindheit. Sie hockte sich anschließend in ihren Schalensessel im Wohnzimmer, löffelte den heißen Pudding in sich hinein und lehnte sich, nachdem sie die Schüssel ausgeleckt hatte, stöhnend zurück. Während sie sich den Bauch tätschelte, flüsterte sie: „Liebe Kohlenhydrate, gute Kohlenhydrate", und musste über die Änderung ihres Blickwinkels lachen. Irgendwo in der Wohnung klingelte ein Handy. Hektisch folgte sie dem Ton. Im Ankleidezimmer unter Bergen von Kleidern fand sie ihr Telefon mit der Meldung „verpasster Anruf". Rouven, ihr Geliebter,

hatte versucht, sie wieder zu erreichen. Ihr Daumen berührte das grüne Telefonzeichen. Rouven meldete sich mit einem heiseren leisen „Ja".
„Wir sind – glaube ich – äh – ich glaube, wir sind getrennt worden", stammelte Luisa.
„Ja, das Netz ist überlastet. Jeder will zu Hause anrufen."
„Was ist mit dir geschehen?"
„Mir fehlt ein Bein."
„Du willst sagen, man hat dir …?"
„Ja, Luisa, man hat mir ein Bein weggesprengt."
Luisa hörte einen dunklen Ton, der aus der Tiefe seines Körpers in ihr Ohr drang. Das war nicht Rouven, da war nichts Menschliches. Luisa dachte plötzlich an einen Werwolf, an einen verzweifelten Tiermenschen.
„Neben mir hat der Kopf eines Mannes gelegen, mit dem ich Sekunden vorher noch gesprochen hatte!"
Es war nur noch Schluchzen zu hören.
„Man kann damit leben", sagte Luisa in seine Verzweiflung hinein und hätte sich im gleichen Moment am liebsten die Zunge abgebissen, weil sie ausgesprochen was sie gedacht hatte.
„Du kennst dich damit aus?"
In Rouvens Stimme war keinerlei Ironie zu vernehmen.
„Mein Vater lebt seit unserer Katastrophe im Jahr 1976 mit einer Beinprothese."
„1976, was war denn da?"

„Wir sind beim Erdbeben im Friaul verschüttet worden."
Luisa hörte statt einer Antwort ein Rascheln und Knarzen in der Leitung, dann rief jemand etwas auf Französisch, dann war die Leitung tot. Schweiß lief ihr in kleinen Rinnsalen den Rücken herunter. Sie fühlte Erleichterung über den Abbruch des Gespräches. Wenn sie nur einmal Mitgefühl zeigen könnte, ohne in ihrem eigenen Film zu landen! Ihr fiel ein, dass Carmen einmal zu ihr gesagt hatte, ihr Drama zeige doch auch, wie viel Kraft und Überlebenswillen sie schon als Kind gehabt habe. Doch sie wusste, dass sie ihre Lebensenergie damit aufbrauchte, um die zwei Tage, die sie verschüttet gewesen war, zu verdrängen. Keiner, außer Carmen, ahnte, wie tief sie nach vierzig Jahren immer noch in ihrer eigenen Katastrophe steckte. Wie sollte sie Rouven helfen, einem Mann, den sie kaum kannte?

Vier Wochen später saß Luisa auf Rouvens kleiner Terrasse. Er würde sie gerne noch einmal treffen, hatte er ihr am Telefon gesagt, ob sie sich vielleicht überwinden könne.
Sie bräuchte sich nicht zu überwinden, hatte sie ihm geantwortet. Und ihm erzählt, dass sie den Stumpf ihres Vaters immer mit PC 30 gepflegt hatte.
„Ich brauche dich nicht zur Stumpfpflege", hatte er ihr konsterniert entgegnet.
Zum Glück musste sie lachen.

„Tut mir leid Rouven, ich wollte die Situation nur ein wenig entkrampfen; ich bin leider ein Kommunikationstrampel. Ich komme einfach vorbei, okay?"

Seine Mutter hatte ihr die Tür geöffnet und sie auf die Terrasse geleitet. Dort saß Rouven in seinem Rollstuhl, schmal, blass, die grauen Strähnen in seinen schwarzen Haaren waren zahlreicher geworden. Luisa spürte seine alte Anziehungskraft, das verstärkte ihre Unsicherheit.

„Ich habe dir unser Lied mitgebracht." Sie überreichte ihm die hübsch eingepackte CD, die sie für ihn gebrannt hatte. „,What a difference a day makes' in fünf unterschiedlichen Versionen. Deine Lieblingsversion von Jamie Cullum ist auch dabei."

„What a difference a day makes." Rouven betonte das „a" besonders. „Wie unterschiedlich man diesen Satz doch interpretieren kann."

Schweigend tranken sie ihren Kaffee; Rouven schwieg auch dann noch, als Luisa zu weinen begann. Irgendwann räusperte er sich, schob ihr ein Taschentuch über den Tisch und stellte fest: „Da haben wir also mehr gemeinsam, als ich dachte."

„Ach Rouven, es tut mir so leid, dass ich mit deinem Schicksal so schlecht umgehen kann, ich bin letztlich auch gekommen, um mich bei dir zu entschuldigen. Mein Trauma liegt vierzig Jahre zurück und du bist vor erst vier Wochen Opfer eines Attentates geworden und wirkst so gefestigt."

Rouven machte eine Handbewegung, als ob er keinen Wert auf eine Entschuldigung lege.

„Vielleicht liegt der Unterschied darin, dass du damals erst zwölf Jahre alt warst und einfach mit dieser schrecklichen Erfahrung weiterleben musstest, ohne dass man mit dir immer wieder darüber geredet hat. Ich dagegen hatte gleich viel Unterstützung; der Mann, der mich vor dem Verbluten gerettet hat, kam jeden Tag ins Krankenhaus und wir haben immer wieder über unseren Albtraum gesprochen."

„Du musst doch Todesangst gehabt haben, als du dort in der Abflughalle gelegen hast und drohtest zu verbluten."

„Das Merkwürdige war, dass ich keinen Horror verspürt habe, sondern dass mir ganz viele schöne Momente meines Lebens gezeigt wurden. Ich hätte vorher nie behauptet, so viel Glück erfahren zu haben, heute weiß ich, dass es so war.

Luisa war nachdenklich geworden.

„Meine Freundin Carmen hat mich neulich gefragt, wo meine Sehnsucht hingeht."

„Und, was hast du ihr geantwortet?"

„Dass ich darüber nachdenken müsste. Als du eben von den schönen Momenten deines Lebens gesprochen hast, ist mir eingefallen, dass ich während der zwei Tage, die ich unter den Trümmern unseres Hauses gelegen habe, auch immer nur an die schönen Dinge meines Kinderlebens gedacht habe. Mein Vater hatte nämlich irgendwann einmal zu mir gesagt, dass man sich auch schöne Gedanken machen kann, wenn man nicht alles bekommt, was man sich wünscht."

„Und wo geht deine Sehnsucht hin?" Rouven ließ nicht locker.

Luisa hatte den Kopf zurückgelehnt, blinzelte in die Nachmittagssonne und begann dann ungewohnt langsam zu sprechen: „Wenn ich recht überlege, geht meine Sehnsucht tatsächlich dahin, möglichst viele Glücksmomente zu erleben. Und, wenn ich weiter überlege, bin ich der tiefen Überzeugung, dass es mir nur alleine gelingt, mir diese Glücksmomente zu verschaffen. Letztlich geht es mir immer um die ganz besonderen Momente."

„Welche Momente sind das denn?"

„Oh, wo fange ich bloß an?!" Luisa kicherte kurz, besann sich dann schnell, stand von ihrem Stuhl auf und schaute nachdenklich in den kleinen Garten.

„Es sind zum Beispiel Momente in der Natur. Wie etwa im letzten Jahr, als ich frisch geschlüpfte Meeresschildkröten ins Meer getragen habe. Oder kulinarische Momente, wenn ich immer wieder Gründe finde, warum ich meinen geliebten Pudding esse. Dann die Musik! Wenn ich ehrlich bin, hat sie mir die glücklichsten Momente in meinem Leben beschert. Stell dir einen Sommerabend mit den Berliner Philharmonikern auf der Waldbühne vor. Wie viele Tränen des Glücks ich dort vergossen habe! Aber auch kurze Berührungen mit einem Fremden oder Blicke, die an einer Ampel stehend kurz ausgetauscht werden. Das sind die Momente, die mich durch mein Leben tragen."

„Dann diente ich dir also auch dazu, solch einen Glücksmoment zu inszenieren."

„Zu inszenieren? Wie sich das anhört!"

„Liege ich wirklich so falsch, Luisa?"

Rouven hatte die Bremsen des Rollstuhles gelöst und rollte langsam auf Luisa zu. Er nahm ihre Hände, streichelte dabei ihre Handrücken mit seinen Daumen.

„Schau mich doch bitte an, Luisa."

Luisa schüttelte seine Hände ab, verschränkte die Arme vor ihrem Körper, ihre Worte gingen wie Pfeile in Rouvens Richtung: „Wieso fühle ich mich die ganze Zeit so, als ob ich bei dir auf der Couch liege?"

Rouven rollte den Rollstuhl auf die alte Position zurück.

„Entschuldigung, Luisa. Als wir uns kennengelernt haben, war ich fasziniert von deiner offensiven Art. Jetzt merke ich, wie viel Verletzlichkeit dahinter steckt. Ich glaube, dass der Rucksack, den wir zu tragen haben, ganz nett schwer ist. Zu schwer, als dass wir beide miteinander klarkommen könnten. Adieu, liebe Luisa, und danke für unsere Begegnung."

„Adieu", murmelte Luisa überrumpelt und versuchte so schnell die fremde Wohnung zu verlassen, dass sie fast mit Rouvens Mutter zusammengestoßen wäre.

Am Abend saß sie mit Carmen am Rhein. Luisa fächerte sich Luft zu und überlegte, wie sie anfangen sollte. Carmen hatte ihr begeistert von ihrem Enkel erzählt und von ihrem wunderbar durchschnittlichen Leben. Luisa dachte an ihren Sohn, der gerade mit seiner Ausbildung fertig geworden war und sie hoffentlich nicht so schnell zur Oma machen würde. Man sollte erst Oma werden, wenn man sein Leben im Griff hat, dachte sie.

„Du bist heute so nachdenklich. Was hast du denn nur wieder, Luisa?"

„Kannst du dich daran erinnern, dass du mich vor ein paar Wochen gefragt hast, wohin meine Sehnsucht geht?"

„Natürlich kann ich mich daran erinnern. Du wolltest darüber nachdenken, hast du?"

„Ein wenig. In dem Wort Sehnsucht steckt Sucht. Ich bin süchtig nach dem einen Moment, den ich in vielen Momenten suche. Im Grunde meines Herzens möchte ich jedoch aufrichtiger leben, nicht mehr so viel verdrängen. Aber dies wird nur in Erfüllung gehen, wenn ich bereit bin, mich von meinen Altlasten zu befreien. Du hast es ja schon oft genug erlebt, dass ich in den unterschiedlichsten Situationen wie an einem Gummiband in meine Vergangenheit gezogen werde. Bislang habe ich es immer lächerlich gefunden, Dinge aufzuarbeiten, die schon derart lange zurückliegen. Ich glaube aber mittlerweile, ich habe keine andere Wahl."

Carmen strahlte Luisa an. Dann drückte sie ihre Freundin ganz fest an sich und sagte: „Herzlichen Glückwunsch meine Liebe, dafür ist es nie zu spät! Wenn du mich brauchst, bin ich an deiner Seite."

Trolldomland

Die Gäste an den fünf Tischen hoben ihre Köpfe und blickten neugierig in den Innenhof des Hotels. Dort stand der Seniorchef des Hauses und fuchtelte wild mit seinen Händen herum, um einem Minibus in eine Parklücke zu helfen. Den ganzen Tag sprach man im Hotel schon von der Ankunft der Kölner Schamanen. Hanna war gerade im Begriff, mit Lorbass, ihrem spanischem Wasserhund, den Speiseraum zu verlassen. Sie ging über den langen Flur und ihre Neugier ließ sie kurz vor der Hoftür am letzten Fenster anhalten. Aus dem Bus stiegen Menschen, die ziemlich normal aussahen. Lediglich die vier Männer fielen etwas aus dem Rahmen, da sie alle, obwohl ihr Haaransatz bereits stark nach hinten gerutscht war, ihr langes, ergrautes Haar zusammengebunden trugen, oder - wie bei einem Mann – als winziger Dutt oben auf dem Schädel platziert. Dazu trugen sie Silberketten mit kleinen roten und schwarzen Federn und Silberringe an den Fingern. Die fünf Frauen, die sie zählte, waren sportlich mit Jeans und Sweatshirts gekleidet. Hanna wollte sich schon vom Fenster abwenden, da blieb ihr Blick an einer älteren Frau hängen, die als letzte aus dem Bus stieg. Sie erinnerte Hanna an eine Indianerin. Ihr krauses, grau-schwarzes Haar war zu zwei Zöpfen gebunden, die mit bunten Bändern zusammengehalten wurden. Sie trug einen langen schwarzen Rock und darüber einen braun-schwarzen Poncho. Außer einer Reisetasche holte sie einen großen Gong, Klangschalen und Percussion Instrumente aus dem

Laderaum des Busses. Jeder der Gruppe nahm etwas davon mit ins Haus. Zuletzt lud sich die Schamanin einen schweren Rucksack auf den Rücken und schaute sich um, als suche sie etwas. Dann erblickte sie Hanna. Hanna fühlte sich von ihren Augen festgehalten; sie schaffte es nicht, ihren Blick zu senken oder gar vom Fenster wegzugehen. Sie hatte das Gefühl, als träfe sie eine alte Bekannte, die sie anlächelte, als gäbe es ein Wiedersehen zu feiern. Mit einigem Erstaunen stellte sie fest, dass ihr dieser lange Augenkontakt keineswegs unangenehm war. Erst als der Seniorchef die Schamanin ansprach, wurde Hanna von ihren dunklen Augen losgelassen. Mit einem leisen Lächeln wand sich die Schamanin von ihr ab. Seltsam berührt bewegte sich Hanna vom Fenster weg. Lorbass drängte sie zu seiner Abendrunde, und während er den Weg mit seiner Nase genoss, ließ sich Hanna vom Abendlicht verzaubern, das, je nachdem wie viel Raum ihm die Baumwipfel gaben, ganz eigene Bilder zeichnete. Das Plätschern des klaren Eifgenbaches schuf zusammen mit dem Vogelgezwitscher eine Naturmusik, an die sie sich erst einmal gewöhnen musste. Nur weg von Frankfurt, hatte sie vor wenigen Tagen gedacht und sich dieses kleine Hotel im Bergischen von einer Kollegin empfehlen lassen.

„Das ist ein hübsches Hotel mit kleinem Spa. Versprich dir aber sonst nicht zu viel von der Gegend. Es gibt ein paar Wanderwege, aber sonst ist es dort langweilig."

„Genau das suche ich", hatte sie geantwortet. „Weißt du, ein kluger Mensch hat einmal gesagt, dass Langeweile das letzte Fenster zum Ich sei."

„Ach herrje! So etwas Gestelztes kann ja nur von unserer Hanna kommen", hatte die Kollegin ausgerufen und Hanna, die sich wie ein ertapptes Kind fühlte, anschließend ratlos in der Kaffeeküche stehen gelassen.

Hanna war jetzt an der Stelle angekommen, an der der Eifgenbach in verschiedene Richtungen mäanderte und eine Holzbrücke zum nahe gelegenen Wanderparkplatz führte. Sie ließ Lorbass von der Leine, damit er sich im Wasser vergnügen konnte, setzte sich auf eine Bank und warf Stöckchen ins Wasser, die er mit tierischer Begeisterung apportierte. Ebenso sehr liebte er es, seine langen schwarzen Rastalocken, wenn sie nass geworden waren, kräftig auszuschütteln – möglichst direkt vor Hanna. An diesem Abend hatte er ein anderes Opfer entdeckt. Hanna reagierte erst, als sie einen spitzen Schrei und dann fröhliches Gelächter hörte. Als sie sich umdrehte, stand dort die ältere Schamanin, die ihre langen krausen Haare jetzt offen trug, und lachend an sich herunter schaute. Ihr blaues Leinenkleid sah aus, als sei es in einen Regenschauer geraten. Hanna wollte Lorbass zu sich rufen, aber dann sah sie, wie die Schamanin es mit einer Handbewegung schaffte, ihn zum Ablegen zu bewegen. Lorbass blieb. Er fixierte die Schamanin, während seine aufgestellte Rute hin und her wedelte.

„Ja, da staunst du!", rief die Schamanin. „Ich habe die gleiche Frisur wie du." Darauf folgte ihr kerniges Gelächter und ein freundliches „Hallo", das sie Hanna entgegenrief.

Hanna war langsam näher gekommen, um Lorbass anzuleinen, entschuldigte sich mit knappen Worten und hatte ihre Mühe, Lorbass von seiner neuen Freundin wegzubewegen.

„Kommen Sie aus Bayern?", fragte die Schamanin.

Hanna antwortete nicht, sondern lief zurück über die Holzbrücke und zerrte den unwilligen Lorbass hinter sich her.

„Wir sehen uns morgen", rief die Schamanin ihr nach.

Nee, kein Bock auf dich, dachte Hanna und wunderte sich über sich selbst. Sie war sauer auf Lorbass, dass er einer Fremden einfach so seine Zuneigung zeigte und sie ärgerte sich, dass ihre Vorliebe für Landhauskleidung schon wieder die Frage provoziert hatte, ob sie eine Bayerin wäre. Das kannte sie schon zur Genüge von ihren Kollegen, die sich auch immer wieder darüber lustig machten. Hanna kam auf ihrem Heimweg am Wanderparkplatz vorbei. Vor einem hübschen Holzbüdchen standen etliche Wanderer, die sich am Ende ihrer Tour ein Kaltgetränk gönnten. Hanna blieb mit Lorbass ebenfalls stehen. „Sie hören meine Lieblingsmusik", rief sie dem Büdchenbesitzer entgegen und bestellte eine Cola.

„Sie mögen die Waterboys?" fragte der erstaunt und musterte Hanna von oben bis unten.

„Dann machen wir einmal Wunschkonzert, meinte der Mann schmunzelnd. „Was wollen Sie hören?"
„Hm, am liebsten *Strange Boat*."
Während sie ihre Cola trank, hörte sie den Song. Eine Strophe mochte sie besonders.
We're living in a strange time, working for a strange goal.
We're flesh and body into soul.

Am nächsten Morgen stand sie sehr früh auf, obwohl sie schlecht geschlafen hatte und nachts sogar noch im Internet recherchiert hatte. Sie hatte mehr über den Schamanismus wissen wollen. Sie betrat als erster Gast den Frühstücksraum und hörte von irgendwoher einen eigentümlichen Gesang. Da beherrschte jemand den Obertongesang. Nach einer Weile begann ein anderer mit leiernder Stimme ein und dieselbe Textzeile zu wiederholen: „Sei dir geschenkt, was dein Herz sucht."
Hanna hatte ihr Müsli gegessen und schmierte sich für unterwegs ein Brötchen. Sie versuchte den leiernden Gesang nachzuahmen und wiederholte während sie ihren Rucksack packte: *Mein Herz hat's eigentlich schon gefunden, mein Herz hat's eigentlich schon gefunden …* Das „eigentlich" stört in meinem Lied, dachte sie. Lorbass stand an der Tür zum Flur und jaulte. Er wollte endlich raus. Sie nahm ihn an die Leine und machte sich auf den Weg zum Hexenberg. Tatsächlich war es hier im Bergischen zu Beginn des 17. Jahrhunderts zu einer Welle von

Hexenprozessen gekommen. Zahlreiche Frauen wurden damals auf dem Scheiterhaufen verbrannt. Hanna hatte über Katharina Güschen gelesen, die als letzte vermeintliche Hexe am 10. Januar 1613 ihr Leben ließ.

Den Anstieg zum sogenannten Hexentreffpunkt schafften Hanna und Lorbass mühelos. Sie beobachtete gerade ein paar Milane, die die Aufwinde als Aufzug benutzten, als sie ein Surren und Schnalzen und Pfeifen hörte, das von leisem Gemurmel unterbrochen wurde. Sie zog Lorbass mit der Leine zu sich heran und blieb stehen. Sollten die Schamanen etwa den Hexenplatz geentert haben, um ihre Rituale dort zu zelebrieren? Wenn sie den Wanderweg jetzt weiterginge, würde sie möglicherweise in deren Übungen hineinplatzen; das wollte sie auf jeden Fall vermeiden. Trotzdem war sie neugierig. Ein Blick in ihre Wanderkarte zeigte ihr die Lösung. Es gab noch einen anderen Weg, auf dem man sich dem Hexenplatz durch den Wald nähern konnte. Den schlug sie jetzt ein. Wenig später konnte sie durch die lichten Bäume eine Steinspirale erkennen, die die Schamanen leise murmelnd abschritten. Ist schon seltsam, was erwachsene Menschen so alles treiben, dachte Hanna und hielt Ausschau nach der Indianer-Schamanin, doch die konnte sie nicht entdecken. Es ging nun wieder bergab und Hanna fühlte sich wie in einem Urwald. Alle paar Meter lagen Stämme auf dem Weg, über die sie klettern musste, überall hörte sie Wasser plätschern und dann erreichte sie eine Auenlandschaft, von der ein ganz eigener Zauber ausging. Der Boden war übersät mit kriechendem Hahnenfuß und Taubnesseln. Überall lagen stark bemooste Baumstämme, auf einigen hatten sich sternförmige Flechten niedergelassen, zwischendrin wuchsen halbhohe Gräser, die sich nach den jungen Stämmen der nachwachsenden Bäume reckten. Sonnenlicht war hier rar. Da, wo der Bach einen kleinen Wasserfall bildete, saß die Indianer-Schamanin auf einem Baumstamm und beobachtete einen Eisvogel. Lorbass hatte ihn wohl auch entdeckt; sein „Wuff" war jedenfalls so laut, dass der scheue Vogel verschwand und die Schamanin sich umdrehte.

„Da sind Sie ja", sagte sie ganz selbstverständlich. „Nehmen Sie doch für eine kleine Pause neben mir Platz."

„Das klingt ja so, als hätten Sie mich erwartet", meinte Hanna verblüfft und sah mit einigem Argwohn, dass Lorbass schon vor der Schamanin abgelegt hatte und ihre nackten Füße leckte.

„Mir war klar, dass wir uns heute begegnen würden. Sie beschäftigen mich sehr. Ich bin übrigens Silje, herzlich willkommen hier in meinem Trolldomland."

Hanna stand wie angewurzelt und wusste nichts zu sagen.

„Hat es Ihnen die Sprache verschlagen?" Die Schamanin war aufgestanden und bewegte sich langsam auf Hanna zu.

„Irgendwie ja." Hanna überlegte, wie sie beginnen sollte. Sie setzte sich auf einen Baumstamm und die Schamanin nahm ihr gegenüber Platz.

„Mein Name ist Hanna. Sie haben eben von Ihrem Trolldomland gesprochen. Was ist das?"

„Ich bin gebürtige Norwegerin. Das hier ist mein Zauberland. Das norwegische Wort ist *Trolldomland*. Wie weit sind Sie mit Ihrer Suche, Hanna?"

„Ich suche doch nichts."

„Nein? Dann habe ich Sie wohl falsch gelesen. Ich dachte bisher, dass ich die Fähigkeit besitze, das, was mein Gegenüber an Nonverbalem ausstrahlt, lesen zu können. Im 17. Jahrhundert hätte man mich sicher wegen meiner Fähigkeiten eingekerkert und ich wäre vielleicht auch auf dem Scheiterhaufen gelandet. Ich habe Sie als Suchende erlebt, aber vielleicht haben Sie ja schon gefunden, wonach Sie suchten."

„Ich bin immer noch sprachlos. Sie mischen sich ungefragt in mein Leben ein. Was soll das? Außerdem bin ich keine Suchende mehr, denn – und da haben Sie recht – das, nach dem ich suchte, habe ich längst gefunden. Ich muss mich allerdings noch endgültig dafür entscheiden."

Hanna war erstaunt, dass Silje sie trotz der Schelte offen und liebevoll anschaute.

„Ich wünsche Ihnen viel Mut für Ihre Entscheidung, Hanna. Haben Sie etwas dagegen, wenn ich Sie mit meinen Gedanken begleite?"

„Wie kann ich etwas dagegen haben?"

Hanna legte Lorbass die Leine an, wünschte Silje noch einen schönen Tag und machte sich dann auf, um ihren ursprünglichen Wanderweg zu finden. Sie hatte allerdings kein Auge mehr für das, was ihr die Natur auf ihrem Weg zurück zum Hotel an Schönheit bot. Die kurze

Begegnung mit der Schamanin hatte sie wieder ärgerlich und verspannt gemacht; sie freute sich auf die Hotelsauna und den Whirlpool.
Abends lag Hanna auf ihrem Hotelbett und starrte durch das Fenster den Mond an. Wenn sie bei der Bank kündigen wollte, müsste sie das in zehn Tagen tun. Damit würde sie sich für ein komplett anderes Leben entscheiden. Sie war jetzt fünfunddreißig Jahre alt, hatte das Steuer in der Hand, und wenn sie wollte, könnte sie abbiegen. Aber trotz allem Überdruss, was das alte Leben anging, abbiegen machte Angst. Nach dem Abitur hatte sie ohne großen Enthusiasmus die Banklehre begonnen. Sie hatte während der Ausbildung Förderer getroffen, die ihr Potenzial erkannten, hatte dann Ehrgeiz entwickelt, wollte ihre Mentoren nicht enttäuschen, bekam immer mehr Verantwortung, verdiente – wie ihre Eltern sich ausdrückten – ein Schweinegeld. Nach ihrem dreißigsten Geburtstag ging ihre langjährige Beziehung in die Brüche, nachdem sie ihren Freund mit einer anderen Frau erwischt hatte. Seit diesem Zeitpunkt beschäftigte sie eine Frage: die Sinnfrage. Warum mache ich das, welchen Sinn hat meine Arbeit, welchen Sinn hat mein Leben? Das Handy klingelte. Ein Blick auf das Display und Hanna wusste, dass sie den Anruf nicht annehmen würde. SOS-Kinderdorf. Sie hatte versprochen, sich diese Woche zu melden. Noch einen Tag, dachte sie. Ich benötige noch einen Tag.
Mitten in der Nacht wachte Hanna auf. Sie lag angezogen auf ihrem Bett. Sie knipste das Licht an, um sich für den Rest der Nacht fertigzumachen. Die Vorhänge waren noch nicht vorgezogen und der

Sternenhimmel sah fast unwirklich aus. Sie löschte das Licht und öffnete leise das Fenster. Es war zwei Uhr früh und die Luft hatte sich angenehm abgekühlt. Hanna beugte sich weit aus dem Fenster, um einen tiefen Atemzug zu nehmen. Was sie dann sah, war atemberaubend. Zum ersten Mal in ihrem Leben wurde sie Zeugin eines Sternschnuppenregens. Wie Feuerbälle kamen die Teilchen auf sie zu. „Oh, mein Gott", rief sie leise. „Oh, mein Gott." Sie wollte jetzt nicht daran denken, dass Sternschnuppen entstehen, weil die Erde eine Wolke winziger Teilchen kreuzt, die der Komet Swift-Tuttle zurückgelassen hat. Sie wollte an ein Naturwunder glauben, an ein Zeichen, das ihr geschenkt wurde. Sie genoss das Schauspiel noch eine Weile und legte sich dann schlafen.

Am nächsten Morgen gehörte Hanna zu den letzten Gästen beim Frühstück. Sie war erleichtert und beschwingt aufgewacht. Ihre Entscheidung war noch in der Nacht gefallen und zu dem Bangen waren nun noch Zuversicht und ein wenig Freude auf ihr neues Leben hinzugekommen. Sie hoffte, Silje beim Frühstück zu treffen, doch die Schamanen hatten sich schon auf eine Wanderung begeben. Deswegen schrieb sie ihr einen Brief.

Liebe Silje,

Ich möchte Ihnen für unsere kurzen Begegnungen und Ihre guten Gedanken, die Sie mir geschickt haben, herzlichst Danke sagen. Vielleicht konnte ich durch Ihre spirituelle Unterstützung leichter meine Entscheidung treffen. Ich weiß es nicht. Zumindest hat mich unsere Begegnung sehr beschäftigt. Das haben Sie

sicher bemerkt. Ich werde in einem halben Jahr meine Tätigkeit als Kinderdorfmutter beginnen und eine berufsbegleitende Ausbildung machen. Zum Abschied habe ich Ihnen ein Gedicht geschrieben.
Es grüßt Sie Hanna

Trolldomland
Aus den Fugen Pelze von Moos,
Federn vom Zaunkönig als Schmuck
Wasserperlen tränken jeden Schachtelhalm
In silbernem Haar warten versteckt
Glühwürmchen
Tausendjährige Kiesel sehen am Horizont
wieder einen Tag verschwinden.